AF389107

La mission Mayflower

Michel ROMERO

ISBN : 978-2-490605- 23-1

Plus on prend de la hauteur et plus on voit loin.

(Proverbe)

TABLE DES MATIÈRES

La mission Mayflower

Le Mayflower était un paquebot de l'espace, aux dimensions démesurées, dont la mission était de permettre à 10.000 colons, triés sur le volet, fuyant la Terre, de rallier l'étoile KB-1244, située à 17.8 années-lumière du Soleil. En désespoir de cause, l'humanité avait eu le projet insensé de partir à la conquête des étoiles pour tenter d'établir une colonie sur l'une des exoplanètes habitables située « à proximité » ...

Mais, pour y parvenir, la route serait longue et le chemin parsemé de multiples embûches. Et puis, même avec des circonstances favorables, une fois arrivés là-bas, nul ne savait avec précision ce que l'on allait trouver ... la planète cible serait-elle véritablement habitable ? Serait-elle peuplée ou bien vierge de toute civilisation intelligente ?

Toutes ces questions allaient hanter l'esprit de ces colons aventuriers et, pour certains, après un voyage de plus de cent cinquante années terrestres à l'intérieur du vaisseau protecteur, sortir, risquerait d'être considéré comme un dernier pas infranchissable ... le fameux « syndrome de la cabane » ...

La mission Mayflower

I - LE MAYFLOWER

Le *Mayflower* était un paquebot de l'espace, aux dimensions démesurées, résultat de prouesses technologiques humaines jamais réunies jusque-là, pour la conception et la réalisation d'un navire au service de ce qu'il était convenu d'appeler la « mission Mayflower ». Il avait été assemblé directement dans un « chantier spatial », au large de la station lunaire « *Johannes KEPLER* », pièce après pièce, élément après élément, durant l'équivalent de quatre années terrestres.

Avec une longueur de 400 mètres, une largeur de 50 mètres et 25 niveaux totalisant une hauteur de 100 mètres, la superficie totale utile du navire approchait les 500.000 mètres carrés. Près de 40% de cet espace était dédié à la culture potagère et fruitière, dans le but de subvenir, en partie, aux besoins en nourriture des 10.000 colons qui avaient été choisis pour la mission. D'ailleurs, tout avait été conçu et réalisé pour que la petite communauté des passagers puisse voyager en totale autarcie, pour tous ses besoins vitaux, durant une très longue période. Le paquebot était une véritable ville flottante, avec une école, une université, un hôpital doté de trois équipements chirurgicaux, une salle de spectacle, une médiathèque, un théâtre, des pistes cyclables et même une piscine …

La « mission Mayflower » avait été imaginée pour conserver l'espoir de sauver la race humaine. C'était, en tout cas, l'une des trois chances qui restaient aux humains pour « évacuer » la Terre où l'effet de serre avait atteint un niveau tel que l'espérance de vie de la population était sérieusement menacée à moyen terme. Avec, d'une part la colonisation de la Lune, le satellite naturel de la planète bleue, et d'autre part la mission visant à terraformer la planète Mars, l'humanité avait eu le projet insensé de partir à la conquête des étoiles pour tenter d'établir une colonie sur l'une des exoplanètes habitables située « à proximité » …

La mission Mayflower

Le nom de *Mayflower* avait été donné en référence au navire, chargé de passagers dissidents, les "*Pilgrim Fathers*", qui quittèrent le port de *Plymouth*, en Angleterre, le 6 septembre 1620, et traversèrent l'océan Atlantique pour atteindre *Cap Cod* et fonder la première colonie en Amérique du Nord.

Pour l'heure, le *Mayflower* fendait la froide immensité de l'espace à la vitesse de 35.000 kilomètres par seconde, soit 11,67% de la vitesse de la lumière. C'est grâce à l'action combinée de ses moteurs utilisant la technologie de la fusion nucléaire et de ses moteurs neutroniques à champ antigravitationnel qu'une telle vélocité avait pu être atteinte. Les moteurs antigravitationnels fournissaient l'énergie suffisante pour alléger considérablement la masse du vaisseau, tandis que les moteurs nucléaires apportaient la puissance nécessaire pour l'accélérer et le propulser à cette vitesse vertigineuse.

L'objectif à atteindre était une exoplanète semblable à la planète bleue, orbitant autour de l'étoile KB-1244, située à 17.8 années-lumière de la Terre. Cette exoplanète avait été longuement étudiée par les astronomes avec l'ensemble des télescopes disponibles, afin d'en déterminer les principales caractéristiques. Elle avait été finalement sélectionnée parmi une longue liste de planètes candidates, pour présenter le meilleur compromis entre une multitude de critères, dont son degré estimé d'habitabilité et, bien sûr, sa distance. Selon la convention internationale de nomination des planètes, officiellement elle s'appelait KB-1244-d, mais rapidement, au sein de la communauté des colons, elle devint la planète « *Esperanza* » !

En dépit du fait que, seuls, quelques chevaux et quelques chiens faisaient partie des animaux du voyage, le *Mayflower* avait été également rebaptisé « l'Arche de Noé ». Néanmoins, plusieurs dizaines de milliers d'abeilles étaient les seuls insectes embarqués dans le vaisseau, dans le but de favoriser la pollinisation des plantes à fleurs et leur reproduction.

Grâce à la maitrise de la technologie gravitationnelle, toutes les zones habitables du vaisseau étaient soumises à une gravité artificielle proche de celle de la Terre. Sans cela, aux dires des concepteurs du projet, il eut été inimaginable d'envisager une telle aventure, en

La mission Mayflower

l'absence de toute gravité dans l'enceinte du navire, avec des hommes et des objets « flottants ». C'était également une technologie d'une importance capitale permettant d'alléger la masse énorme du paquebot afin de pouvoir l'accélérer à une vitesse appropriée, condition *sine qua non* pour rendre l'opération viable.

Les concepteurs du navire avaient tenté de conserver le plus possible l'ordre chronologique naturel des choses, en accord avec ce qui était une évidence sur Terre. Matérialisée par une variation de luminosité, la « journée » de vingt-quatre « heures » était en vigueur sur le navire. Cette mesure était d'une importance essentielle, d'une part, pour permettre aux humains et aux animaux de conserver un rythme biologique et, d'autre part, pour permettre aux végétaux la respiration de « nuit » et favoriser ainsi la photosynthèse de « jour ».

Le souci du détail avait poussé les concepteurs botanistes à respecter la variation d'amplitude entre le « jour » et la « nuit » afin de simuler le photopériodisme présent sur Terre et favoriser la floraison des plantes à fleurs. Les variations saisonnières annuelles étant à l'origine de modifications du comportement social de tous les êtres vivants, il était naturel d'en simuler les effets au sein même du vaisseau pour la sauvegarde de leur équilibre mental et biologique.

On continuait à nommer les jours de la « semaine », lundi, mardi, mercredi, etc. … Les noms des quatre saisons étaient également utilisés pour désigner les différentes périodes comportant des durées « d'ensoleillement » variables. Enfin, chaque « nouvelle année » était fêtée alors même que la plupart des colons ignoraient à quelle tradition ancestrale cela correspondait.

A bord du *Mayflower*, tout était organisé pour « éviter le gaspillage et faciliter le recyclage », règle d'or immuable inculquée chez tous les colons. En premier lieu, aucune molécule d'oxygène n'était perdue et les plantes étaient présentes en grande quantité, précisément pour produire le gaz précieux à partir du CO^2 grâce à la photosynthèse. Ensuite, tous les déchets étaient réutilisés, qu'ils soient de nature organique ou non. Même la cendre des cadavres, après la crémation, était « ensevelie » dans le terreau du navire, au cours d'une cérémonie

La mission Mayflower

rituelle dont le symbolisme exprimait avec force « la pérennité de la vie ».

Visibles depuis tous les points du vaisseau, des panneaux électroniques affichaient les actualités de l'éphéméride, la date du jour, le nom du saint à fêter, les informations pratiques et la durée du voyage depuis le départ … On apprenait ainsi que le *Mayflower* voguait dans l'espace depuis un peu plus de 152 années terrestres …

La mission Mayflower

Quoc Nguyen était psychiatre à bord du *Mayflower*. L'homme, de type asiatique, était de taille moyenne mais de constitution robuste. Avec son visage poupon et glabre, il semblait à peine sorti de l'adolescence. Ses yeux noirs, légèrement bridés, avec des sourcils fournis, lui donnaient un regard inquisiteur. Il avait le front large, avec une calvitie déjà bien avancée pour son âge et un nez légèrement épaté. Il portait une tenue sportive et décontractée de couleur sombre, avec une boucle d'oreille créole accrochée au lobe de l'oreille gauche ainsi qu'un bracelet d'or fin au poignet.

Le vigile devant la porte du bureau du commandant lui fit signe d'entrer. Konrad Effenberg, le commandant du *Mayflower*, l'attendait, assis derrière le meuble métallique qui lui servait de bureau. Le commandant Effenberg était un homme de grande taille, avec une silhouette mince, et il portait admirablement bien la cinquantaine. D'apparence tranquille, il avait un visage avec des traits taillés au couteau. Avec son uniforme rutilant, ses cheveux noirs coupés en brosse, ses yeux clairs et son regard vif, il arborait un air déterminé, presque martial. Il s'exprimait d'une voix ferme et assurée, comme quelqu'un qui était habitué au commandement.

Les deux hommes se saluèrent d'un signe de la tête et le commandant l'invita à s'assoir face à lui.

— Vous avez demandé à me voir ? dit le commandant.

— Oui, commandant, en effet ! répondit le psychiatre. Mes collègues et moi sommes inquiets de la situation qui s'est brusquement aggravée ces derniers temps …

— Je vous écoute … déclara Konrad Effenberg.

— Nous sommes littéralement assaillis, mes deux collègues et moi-même, expliqua le docteur Nguyen, par une multitude inhabituelle de colons qui viennent consulter, toujours pour la même raison … l'angoisse de ne pas avoir la force de tenir jusqu'au terme de la mission …

— Bien évidemment, poursuivit-il, cette inquiétude existe depuis le début chez la plupart d'entre nous, et c'est tout à fait normal,

La mission Mayflower

étant donnée la situation, mais là, très récemment, c'est un flot continu de patients qui encombre nos agendas. Et l'émotion de ces personnes est si forte que, chez certaines d'entre elles, cela tourne à la névropathie et au trouble psychique. J'ai donc considéré, vu l'importance du phénomène, que je devais vous en référer, car il n'est pas exclu que cela conduise ces gens à ne plus pouvoir assumer leurs responsabilités du quotidien, et donc, en conséquence, de provoquer de graves perturbations dans le fonctionnement de notre petite communauté.

— Vous avez bien fait de venir m'en parler, assura le commandant. Mais, avez-vous pu identifier la raison pour laquelle cette phobie collective survient précisément en ce moment ?

— Oui, commandant, répondit le psychiatre avec une légère grimace. Aux dires de tous ceux que nous avons interrogés, ils déclarent que, selon une rumeur insistante qui fait fureur dans les coursives du bâtiment, nous serions sur le point d'atteindre la planète *Esperanza*, notre objectif …

— Ah bon ? s'étonna le commandant, visiblement surpris.

— Oui ! affirma le praticien, il paraîtrait, toujours selon cette rumeur, qu'une séance du Haut Conseil s'est tenue récemment au cours de laquelle il a été révélé que le *Mayflower* allait atteindre son but dans les tous prochains jours !

Le commandant marqua une longue pause pour, sans doute, réfléchir aux explications du psychiatre.

— Monsieur Nguyen, reprit-il enfin, en supposant que cette … rumeur soit fondée, je ne comprends pas pourquoi elle pourrait être à l'origine du phénomène dont vous venez me parler. En quoi l'approche du but de la mission serait-elle une nouvelle traumatisante pour une quantité de colons ? Au contraire, j'aurais tendance à penser que c'est plutôt une information de nature à amener un sentiment de libération, et même l'espoir, dans l'esprit de nos semblables, non ?

La mission Mayflower

— Non, commandant, objecta le praticien, il s'agit d'une affaire que nous connaissons bien, nous les psys, et qui a été identifiée dès le départ de la mission. Vous n'ignorez pas que chacun d'entre nous est soumis à un stress, latent et insidieux, qui sape le moral. Ce stress est en rapport avec la réponse à la fameuse question, que l'on n'ose pas se poser ouvertement, mais qui hante constamment nos pensées intimes : la planète KB1244-d, alias *Esperanza*, est-elle indubitablement habitable, comme l'ont affirmé les initiateurs de la mission *Mayflower* ?

— Oui, et alors ? s'enquit le commandant.

— Alors, commandant, répliqua Quoc Nguyen, cette question devient de plus en plus lancinante au fur et à mesure que l'on touche au but. Et il n'est pas surprenant, qu'à l'approche de l'heure de vérité, la détresse liée à cette interrogation s'installe comme une obsession dans tous les esprits ! Qu'allons-nous découvrir lorsque nous serons à proximité de ce monde inconnu, moment à la fois espéré mais surtout redouté ?

— Voyez-vous, commandant, insista le psychiatre, ces sentiments de joie et d'espoir, auxquels vous faisiez allusion, seraient peut-être ceux qu'auraient éprouvé les primo-colons, ceux qui ont embarqué sur le *Mayflower*, alors qu'ils étaient volontaires dans l'espoir de rejoindre cette planète, et qu'ils l'ont fait pour fuir un danger palpable et grandissant à rester sur Terre. Mais, aujourd'hui, ces pionniers de la première heure ont tous disparu …

— Oui, je sais, interrompit le commandant, nous avons rendu hommage au dernier d'entre eux, voici près d'un siècle …

— Nous sommes tous nés sur ce navire, poursuivit le psychiatre, et la crainte s'est inversée ! Nous considérons, à tort ou à raison, que le *Mayflower* est notre maison et que l'insécurité se trouve à l'extérieur … entre nous, nous appelons cela le « syndrome de la cabane ». Cela est un comportement naturel et plutôt sain pour des humains. Alors, vous comprendrez que nos semblables soient réticents à envisager d'abandonner le vaisseau où ils se sentent à l'abri et en sécurité, alors qu'ils ont quelques réticences à plonger dans ce qu'ils considèrent comme l'inconnu … c'est-à-dire dehors …

— Oui, je comprends, monsieur Nguyen, reconnut le commandant. Je n'avais pas poussé le raisonnement au bout de sa logique, comme vous venez de le faire …

Le commandant Konrad Effenberg s'enferma quelques secondes dans un mutisme qui trahissait son indécision et son désarroi devant le constat dressé par le praticien.

— Et que préconisez-vous, docteur Nguyen, pour remédier à cette situation ? demanda-t-il en fixant le psychiatre droit dans les yeux.

Quoc Nguyen prit le temps, à son tour, pour répondre à la question cruciale posée par le commandant :

— Commandant, dit-il, nous avons beaucoup réfléchi à cette question …

— Quand vous dites « nous … avons beaucoup réfléchi … », questionna le commandant l'air curieux, vous voulez parler de qui exactement ?

— Je veux parler de mes deux collègues psychiatres et de moi-même, ainsi que de quelques autres membres du corps médical qui peuvent avoir un avis éclairé sur ces difficiles approches psychologiques qui sont inhérentes à une expédition de ce type …

— Nous avons consulté nos confrères chirurgiens et généralistes, enchaîna le psy, parce qu'il y a beaucoup d'interactions entre le psychique et l'organique, entre le mental et le physique, si vous préférez …

— Voulez-vous insinuer par-là que vous vous êtes octroyé le droit de méditer sur ces questions en dehors de tout contexte officiel vous autorisant à le faire et sans en référer à votre hiérarchie ?

La mission Mayflower

s'étonna le commandant. Une sorte de gouvernement parallèle en quelque sorte, non ?

— Pas du tout, commandant ! trancha le praticien surpris par l'accusation du commandant, nous estimons que la sauvegarde de la santé mentale et physique de nos concitoyens fait partie de nos prérogatives et qu'en discuter dans une réunion médicale pluridisciplinaire est chose admise et même recommandée par l'éthique. Et d'ailleurs, que suis-je en train de faire en ce moment, si ce n'est d'en référer à ma hiérarchie ?

— Très bien, continuez, docteur Nguyen, invita sèchement le commandant, visiblement contrarié.

— Donc, disais-je, enchaîna le psy, nous avons réfléchi à la situation, qui, vous en conviendrez, n'est pas courante et il est difficile d'appliquer des solutions toutes faites. Depuis le début, le parti pris, adopté par la direction de la mission, a été de cacher le temps restant pour atteindre le but ultime, au motif que cela serait une information génératrice de frustration, étant donné sa longueur exceptionnelle. Cette attitude avait peut-être sa raison d'être au tout début de la mission, car l'échéance était lointaine, mais, de notre point de vue, cela s'est avéré être un élément qui a fini par créer une incertitude néfaste pour le moral des troupes. Je m'explique …

— Lorsque l'on examine le solde des décès et des naissances depuis le départ, poursuivit-il, on observe une diminution constante de l'effectif des colons et, en poussant l'analyse, on remarque que la principale raison qui explique ce phénomène, c'est une baisse parallèle du moral des colons. L'absence de perspective claire, la précarité de la situation dans un navire soumis à tous les aléas de la traversée et l'incertitude liée à l'atteinte de l'objectif sont autant de causes qui freinent la natalité. La peur du lendemain est un mécanisme bien connu …

— Vous le savez très bien, commandant, ajouta-t-il, nous étions 10.000 colons au départ et aujourd'hui, on dénombre à peine 7.754 personnes lors du dernier recensement, avec un

La mission Mayflower

vieillissement de la population qui devient de plus en plus problématique. Si le voyage devait durer encore longtemps, le déséquilibre entre les vieux et les jeunes, dans la pyramide des âges, finirait par compromettre la mission elle-même. Tout cela est corroboré par le fait que l'espérance de vie des colons sur le vaisseau diminue elle aussi, d'années en années, en raison de l'anxiété qui confine au désespoir. Croyez-moi, commandant, il est grand temps de changer de stratégie si l'on ne veut pas faire échouer la mission *Mayflower* !

— Brillante analyse, docteur Nguyen ! réagit le commandant Effenberg.

— Ça n'est pas seulement la mienne, commandant, répondit le psy, c'est celle de notre petit groupe de praticiens qui tenait à vous alerter après leur constat.

— Parfait ! déclara le commandant, après avoir entendu vos arguments et pour en revenir à ma question initiale, je crois que je connais à présent la réponse que vous allez me faire … je vous demandais quelles mesures pouviez-vous me suggérer pour mettre fin à cette crise du moral des colons … vous allez me conseiller de jouer la transparence et de dévoiler la date d'atteinte de l'objectif … ai-je vu juste ?

— Oui, commandant, c'est exact, confirma le psy, il nous semble opportun de jouer désormais carte sur table, sans quoi, la situation peut devenir rapidement incontrôlable.

— Que voulez-vous dire par « situation incontrôlable » ? interrogea le commandant. Vous ne pensez tout de même pas qu'elle puisse déboucher sur une insurrection ?

Le silence du docteur Quoc Nguyen lui fit clairement comprendre que, de l'avis du corps médical, la situation pouvait dégénérer et que tout pouvait arriver, y compris le pire … car, le pire, pour un commandant du *Mayflower*, était de devoir faire face à une mutinerie …

II - Le Haut Conseil

Chose inhabituelle, le commandant Konrad Effenberg avait réuni le Haut Conseil pour la deuxième fois en quinze jours. Autour du commandant Effenberg, le Haut Conseil comportait quatre autres membres, le capitaine Walter Rosen, commandant en second du *Mayflower*, Horatio Mercadal, le Chef de la sécurité à bord du vaisseau, et numéro trois dans la hiérarchie du commandement, Jim Howard, ancien paléontologue et doyen des colons, ainsi qu'Arnold Griffin, un astronome réputé qui n'ignorait rien des détails techniques de la mission.

Le commandant Effenberg avait la tête des mauvais jours et, après avoir salué rapidement chacun des participants, il entama aussitôt son introduction :

— Messieurs, dit-il, si je vous réunis à nouveau aujourd'hui, c'est qu'il m'est parvenu une information, de la part du docteur Quoc Nguyen, selon laquelle plusieurs membres de notre communauté auraient appris que nous étions tout près du but. D'après le psy, cette nouvelle aurait eu de graves effets dévastateurs sur le moral des troupes, au point qu'il n'exclut pas que cela aille jusqu'à compromettre la mission. Alors, pour ma part, j'ai deux interrogations ...

— La première, enchaîna-t-il sans attendre, c'est savoir lequel d'entre vous a dévoilé le contenu de nos discussions d'il y a deux semaines, et la seconde, c'est savoir ce qu'il convient de faire pour gérer une situation qui pourrait devenir explosive à court ou moyen terme ... Voilà, messieurs ... j'attends vos suggestions !

C'était une entrée en matière directe, sans détour, une déclaration dont le commandant Konrad Effenberg avait le secret et qui jeta un froid glacial dans l'atmosphère du petit local où se tenait la réunion, à

La mission Mayflower

l'abri des oreilles indiscrètes. Le silence persistait depuis quelques secondes lorsque Jim Howard, étant le plus ancien, se sentit investi pour rompre la glace :

— Commandant, dit-il, je suis convaincu que votre suspicion, concernant les fuites auxquelles vous faites allusion, n'est pas fondée. Je ne peux imaginer que l'un d'entre nous ait pu enfreindre la règle du silence qui doit entourer nos délibérations. Mais, en revanche, je peux aisément admettre que nos concitoyens soient suffisamment érudits pour, connaissant notre vitesse moyenne et la distance à parcourir, savoir calculer la durée du voyage du *Mayflower*.

Jim Howard avait atteint l'âge de la sagesse mais était encore alerte. De petite taille et plutôt maigre, il avait un visage avenant, de forme rectangulaire avec des yeux noirs et pétillants. Il portait une barbe argentée avec des cheveux gris hirsutes et il était vêtu d'habits démodés et étriqués. Il parlait d'une voix plutôt fluette et arborait souvent un sourire malicieux.

— Mais ces chiffres sont supposés ne pas être révélés, objecta le commandant. N'est-ce pas exact ?

— Mais, voyons, commandant, répliqua l'ancien paléontologue, ne prenez pas nos concitoyens pour des imbéciles ou des ignares ! Il y a des astronomes, des astrophysiciens parmi eux qui savent lire dans les cartes des étoiles qui nous entourent et des ingénieurs et des techniciens qui sont en mesure d'évaluer notre vitesse moyenne. Ils sont capables de trouver tout ce dont ils ont besoin pour effectuer un calcul d'une simplicité enfantine !

— Je vous confirme, commandant, intervint Arnold Griffin, que tous mes étudiants en astronomie sont en mesure d'effectuer les mesures et les calculs permettant d'aboutir au résultat que nous nous efforçons de cacher. J'ai beau leur répéter inlassablement de rester discret sur tout ce qui touche aux informations concernant la mission, je ne suis pas derrière eux, nuit et jour, pour savoir à quoi ils passent leur temps !

La mission Mayflower

Arnold Griffin était de forte corpulence et, vêtu sobrement mais avec goût, il avait un aspect plutôt sympathique. D'âge mâture, il avait un visage expressif avec de grands yeux candides et un sourire désarmant. Il s'exprimait d'une voix sonore avec des gestes amples.

Le commandant semblait touché par l'argumentaire de Jim Howard, le patriarche, appuyé par la remarque d'Arnold Griffin l'astronome.

> — En supposant que vous ayez raison, admit-il, que la rumeur n'ait pas été alimentée par l'un d'entre vous … Le psy prétend que la menace d'une mutinerie n'est pas à exclure, parce que, selon lui et ses collègues, qui ont analysé la situation, l'angoisse devrait atteindre des sommets et provoquer des troubles graves dans l'esprit d'une partie importante des colons. Le docteur Nguyen et l'ensemble du corps médical sont unanimes à clamer que la seule solution pour en sortir, c'est de devenir désormais totalement transparent sur ce thème … et avouer la date à laquelle l'objectif sera vraisemblablement atteint. Alors, messieurs, qu'en pensez-vous ?

> — J'avoue que je ne saisis pas très bien le raisonnement du docteur Nguyen, déclara le capitaine Rosen. Je ne vois pas en quoi la nouvelle de notre arrivée à proximité du but serait de nature à effrayer la population des colons …

Le capitaine Walter Rosen était un homme d'âge mûr mais indéfinissable. Il était grand et svelte, de corpulence moyenne, et portait élégamment son uniforme. Il avait un visage maigre et inexpressif, avec un nez aquilin, une barbe épaisse et une chevelure brune fournie, une large bouche et des dents bien rangées. Ses yeux clairs enfoncés dans leur orbite, avec d'épais sourcils, lui donnaient un air plutôt tenace.

> — C'est exactement ce que je croyais aussi, releva le commandant, mais le docteur Nguyen prétend que, désormais, la plupart d'entre nous, qui sommes nés ici, considère que le danger se trouve à l'extérieur du navire. Selon lui et ses collègues, ils appellent cela le « syndrome de la cabane ». Nous aurions peur, entre autres inquiétudes, de découvrir que le terme de la

La mission Mayflower

mission coïncide avec le fait que l'exoplanète cible ne soit pas habitable et cela pourrait provoquer une panique générale incontrôlable à bord.

— Je n'avais même pas envisagé une telle hypothèse, avoua le capitaine Rosen. Pour moi, j'ai toujours fait confiance en nos scientifiques qui ont choisi cette planète, ai-je tort, monsieur Griffin ?

— Non, bien sûr, affirma l'astronome, vous n'avez pas tort, mais …

— Mais … ? s'inquiéta Walter Rosen.

— Mais nous en aurons la certitude seulement après l'avoir vérifié une fois sur place, asséna Arnold Griffin.

Le capitaine Walter Rosen semblait soudain totalement désemparé par la déclaration de l'astronome, son visage avait blêmi.

— Et que se passera-t-il si *Esperanza* n'est pas habitable ? questionna le capitaine Rosen l'air anxieux.

Tous les regards se tournèrent en direction d'Arnold Griffin, l'astronome, qui était l'expert du domaine.

— Si KB-1244-d n'est pas habitable, répondit celui-ci, alors nous devrons tenter de rallier l'exoplanète suivante et pour cela, appliquer le plan B !

— Le plan B ? s'étonna le capitaine, c'est-à-dire ? Quel est donc ce plan B ? Je n'en ai jamais entendu parler … en quoi consiste-t-il ?

— Il est grand temps pour vous de faire votre éducation, capitaine Rosen, déclara l'astronome avec un regard amusé en direction du commandant, vous qui allez, peut-être un jour, prendre la succession au poste de commandant de ce navire …

— Depuis le départ de cette mission, enchaîna-t-il, toutes les hypothèses ont été étudiées par les concepteurs et ce que l'on appelle le plan B est un scénario alternatif, que l'on aimerait éviter, bien sûr, mais que l'on devra adopter si, d'aventure, la planète vers laquelle nous nous dirigeons était inhabitable.

La mission Mayflower

— En quoi consisterait plus précisément ce scénario ? questionna la capitaine Rosen.

— Eh bien … tout d'abord, expliqua Arnold Griffin, il faudrait accélérer à nouveau le *Mayflower* que nous aurons ralenti, jusqu'à une vitesse acceptable, et mettre le cap sur une autre planète, distante d'environ 6 années-lumière plus loin. Selon la vitesse acquise, on pourrait alors espérer l'atteindre d'ici 50 à 80 ans !

— C'est une plaisanterie ? demanda le capitaine Rosen.

— Pas du tout, capitaine ! affirma l'astronome. Ce serait notre seule chance de survie, sachant, malgré tout, que ce navire a été conçu et approvisionné pour assurer le scénario initial. Je dois préciser que si le scénario A, celui que nous vivons en ce moment, est estimé avoir environ 75% de chance de réussite, le scénario B, dont je viens de parler, n'a que 30% de chance d'aboutir …

Un lourd silence s'installa dans la petite salle de réunion et le capitaine prit un air abattu pour déclarer :

— Je commence à comprendre, dit-il, pourquoi nos concitoyens ont des raisons de broyer du noir à l'approche du but …

— Pour répondre à la seconde question du commandant, poursuivit Arnold Griffin, je suis, pour ma part, de l'avis du docteur Nguyen, qui est quelqu'un de compétent et que j'apprécie beaucoup. Je pense aussi que nous devrions jouer cartes sur table dorénavant. Après tout, les colons qui sont sur ce rafiot doivent savoir à quoi s'en tenir, nous sommes tous dans la même galère et logés à la même enseigne …

— Et vous, monsieur Howard, qu'en pensez-vous ? interrogea le commandant Effenberg.

— Je suis aussi de cet avis, déclara le vieil homme. Nous devons faire preuve de clarté si nous voulons exiger de la responsabilité en retour de la part de nos concitoyens. De toute façon, nous approchons du but, si j'ai bien compris, n'est-ce pas ?

La mission Mayflower

— Oui, affirma le commandant, nous serons dans les environs de l'étoile KB-1244 d'ici à six semaines …

— Je pense qu'il est temps de prévenir tout le monde afin de se préparer mentalement, suggéra le capitaine Rosen.

— Soit ! conclut le commandant Effenberg, alors, si tout le monde est d'accord … nous allons faire toute la transparence sur la mission …

— Mais … commandant ! Vous ne m'avez pas demandé mon avis … s'étonna soudain Horatio Mercadal.

Le Chef de la sécurité était un homme grand, jeune, avec une stature impressionnante. Il avait un visage osseux, avec des pommettes saillantes, qui exprimait une intense sérénité. Il avait les oreilles décollées en chou-fleur, comme un boxeur. Il était vêtu sobrement avec des habits de style sportif et s'exprimait avec un fort accent indéfinissable.

— Je ne vous ai pas demandé votre avis, Horatio, déclara le commandant, parce que je le connais déjà !

La mission Mayflower

C'est le commandant qui vous parle … (court silence) …

J'ai une communication importante à vous faire … (court silence) …

Nous approchons de notre but ultime, la jonction avec le point de débarquement sur la planète KB-1244-d interviendra d'ici à six semaines … (court silence) …

Je sais que, pour certains d'entre vous, cette nouvelle peut inspirer de l'inquiétude, voire de la crainte, mais, je vous demande, au contraire, de faire preuve d'optimisme ! Pour cela, il vous suffit de vous souvenir que nos aïeux ont fui la Terre et ont voulu farouchement que tout cela arrive, ils ont tout sacrifié pour que nous puissions vivre ce moment ! Alors, ne les décevons pas, nous devons être les fiers et dignes représentants de la race humaine, parce que, peut-être, sommes-nous les derniers … (court silence) …

J'ai décidé que, désormais, le déroulement des opérations du scénario relatif à notre mission sera rendu public, afin que chacun puisse prendre part à ce qui restera un événement exceptionnel dans l'histoire de l'humanité … (court silence) …

Une chance nous a été donnée de perpétuer notre race et notre civilisation, alors, saisissons la ! Et considérons que nous avons la lourde responsabilité, mais aussi l'obligation, de réussir cette mission, la mission Mayflower !

Cette déclaration solennelle avait retenti dans tout le vaisseau, fortement amplifiée par les haut-parleurs qui permettaient d'entendre depuis tous les endroits habités. Elle provoqua une vive réaction de la part de tous les colons qui arrêtèrent de vaquer à leurs occupations pour se réunir en petits groupes et commenter la nouvelle. Les mots du commandant résonnaient encore dans toutes les têtes.

Après un court instant au cours duquel un début de panique souffla dans les rangs des colons, la foule sembla se ressaisir pour accepter le discours du commandant et entendre son appel à la raison et à la responsabilisation. Comme promis par le commandant, les grands

La mission Mayflower

panneaux d'affichage électroniques, visibles dans tout le navire, faisaient maintenant mention de la durée restante pour atteindre la cible et la fin de la mission.

Puis, le commandant prit l'initiative d'organiser des réunions d'information sur les manœuvres auxquelles le *Mayflower* allait devoir se livrer pour que le débarquement puisse se dérouler dans les meilleures conditions. On put alors constater que le succès de ces explications atteignit un niveau au-delà de toute espérance. L'espoir semblait revenir tandis que la confiance s'installait au sein de la communauté des colons qui, jours après jours, formulaient des commentaires de plus en plus positifs.

Malgré la prise de conscience qui s'était opérée, l'affichage de la première phase de la manœuvre sur les panneaux fut accueilli avec surprise lorsque le message suivant apparut : *"Décélération du vaisseau en cours …"*. Durant plusieurs jours, aucun changement de vitesse ne fut perçu par les passagers du *Mayflower*, pourtant, la manœuvre était bien en cours, pilotée par les ordinateurs à bord …

Les choses commencèrent véritablement à bouger lorsque le vaisseau approcha si près de l'étoile KB-1244 que celle-ci fut visible à travers les hublots et que sa taille grossissait à vue d'œil. Ils cherchaient à distinguer la planète dans le sillage de l'étoile, mais elle était encore trop lointaine pour que l'on puisse l'apercevoir. L'excitation des colons grandissait avec le diamètre de l'astre dont ils avaient entendu le nom maintes et maintes fois, alors qu'à présent, ils étaient proches à le toucher.

En effet, la manœuvre consistait à frôler l'étoile au plus près, en la contournant, afin de profiter de sa force gravitationnelle pour ralentir le vaisseau. Cela nécessitait de passer à proximité de l'astre et de sentir sa chaleur en évitant de regarder son extraordinaire brillance.

Au final, le vaisseau fut décéléré après une dizaine de jours, en combinant, à la fois, la force gravitationnelle de l'étoile KB-1244 et la rétroaction des moteurs à fusion nucléaire. Le message clignotant : *"Décélération réussie …"* apparut enfin sur tous les écrans du navire et provoqua des applaudissements spontanés de la part des passagers. Le

La mission Mayflower

Mayflower pouvait passer à la phase 2 et mettre le cap sur *Esperanza* …

Il fallut attendre encore plusieurs jours avant de voir le message : "*Approche de la planète KB-1244-d … en cours* " s'inscrire sur les panneaux du navire. La manœuvre consistait à se mettre en orbite autour d'*Esperanza* afin de préparer le débarquement. Tous les regards étaient fixés sur cet astre qui apparut enfin comme une faible et lointaine clarté dans l'espace intergalactique. Les curieux se pressaient devant les quelques rares hublots du vaisseau dans l'espoir de l'apercevoir. Puis, la planète se dévoila un peu plus, à l'approche du *Mayflower*, et on put distinguer nettement ses contours légèrement éclairés par son étoile KB-1244, une naine jaune, comme le Soleil.

Il était possible, avec des lunettes télescopiques, de voir *Esperanza* de plus près, qui apparaissait alors comme une planète avec une couleur d'un bleu légèrement teinté de vert. La fin de la phase 2 fut actée par un message laconique : "*Mise en orbite réussie …*", ce qui signifiait que les choses sérieuses allaient pouvoir commencer …

L'angoisse était revenue hanter l'esprit des colons, car, nul n'ignorait que la phase qui s'annonçait était sans aucun doute la plus cruciale ! En effet, la phase 3 était celle qui consistait à envoyer un laboratoire automatique analyser la composition de l'atmosphère de la planète. Du résultat de cette analyse dépendrait la réussite du scénario A et déciderait de la suite des événements. Tous les passagers restaient circonspects devant les panneaux qui venaient d'afficher le message suivant : "*Analyse de l'air ambiant en cours …*".

Le suspense dura environ six heures terrestres, le robot devant se déplacer pour réaliser des prélèvements en divers points situés à plusieurs kilomètres de distance. Les colons étaient figés devant leurs écrans, attendant avec angoisse le résultat des analyses. Certains d'entre eux se surprirent même à prier, alors que les manifestations religieuses n'étaient pas permises à bord …

Enfin, ce fut une délivrance lorsque s'affichèrent en boucle les messages suivants : "*Analyse chimique de l'air ambiant : RESPIRABLE (azote 77%, oxygène 20%) …*", puis : "*Analyse biologique de l'air*

La mission Mayflower

ambiant : SANS DANGER IDENTIFIE…" et enfin : "*Rayonnement stellaire : SANS DANGER IDENTIFIE…*". Une clameur énorme envahit les coursives du navire et les colons se mirent à crier, à chanter, à danser, à courir et à se prendre dans les bras, tant le stress était grand et qu'il fallait l'évacuer. Le déroulement des opérations du scénario A pouvait alors se poursuivre …

La phase suivante consistait à larguer un satellite, à une altitude plus basse que le vaisseau, qui avait pour mission de cartographier la planète *Esperanza*. Cette opération allait durer quelques jours, le temps que les astronomes du *Mayflower* observent et étudient de plus près les caractéristiques de l'étoile KB-1244 et de son système stellaire, ainsi que la cartographie de la planète. Une fois toutes ces données collectées, tous les colons avaient appris que se tiendrait alors un Haut Conseil élargi pour décider du lieu du débarquement …

III -   ESPERANZA

Le commandant Konrad Effenberg avait réuni le Haut Conseil avec ses membres habituels, le capitaine Walter Rosen, Horatio Mercadal, le Chef de la sécurité, le doyen Jim Howard et l'astronome Arnold Griffin, auxquels s'étaient greffés quatre autres personnes, choisies pour la pertinence de leur expertise ou bien pour leur connaissance de la situation. Il s'agissait de Tomasz Swacha, géologue jeune et brillant, Juan Carlos Ortiz, architecte de formation, Yveleen Carson, biologiste, et Lexie Graham, ingénieure agronome.

— Il était temps que le Haut Conseil se féminise … observa à voix basse Jim Howard, le patriarche, après que tout le monde ait pu trouver un siège.

— Pour éviter de perdre du temps, entama le commandant Effenberg, je passe la parole à Arnold Griffin qui va nous présenter ce nouveau monde avec lequel nous allons devoir nous familiariser, étant donné qu'il va devenir le nôtre …

L'astronome se leva et prit en main une télécommande qu'il manipula pour obtenir une image holographique 3D, projetée au milieu de la salle et en hauteur de manière à ce qu'elle soit visible par tous. La première image montrait un système stellaire, avec une étoile, KB-1244, qui rayonnait dans la nuit noire de l'espace intergalactique. Gravitant autour de cet astre, on pouvait distinguer six planètes, dont la planète KB-1244-d, alias *Esperanza*.

— KB-1244 est une étoile naine jaune, comme le Soleil, commenta-t-il, mais, elle est 20% plus volumineuse et 10% plus brillante, avec une température voisine de celle de notre étoile. Elle est âgée d'environ 6 milliards d'années, contre 4,5 pour le Soleil. Son système est composé d'au moins 6 planètes que nous avons

La mission Mayflower

pu répertorier, mais cela n'exclut pas l'existence d'autres astres plus lointains ou moins brillants ...

— La planète qui nous intéresse, poursuivit-il, est, bien évidemment, KB-1244-d, autrement dit *Esperanza*, les cinq autres n'étant pas positionnées sur des orbites favorables à la vie telle que nous l'entendons, car elles sont incompatibles avec la présence et l'écoulement d'eau liquide en surface. KB-1244-d est plus éloignée de son étoile que la Terre ne l'était du Soleil et gravite autour d'elle en une année de 385 jours de 27 heures et 33 minutes terrestres. Il s'agit d'une planète de taille plus importante que notre ancienne planète bleue et la pesanteur y est de 10,25 Newton par kilogramme, contre 9,81 sur Terre, soit une augmentation de 4,5% de notre poids, ce qui n'est pas négligeable ...

— Ce sera une incitation à perdre du poids ! intervint Jim Howard avec un sourire malicieux.

Cette pointe d'humour provoqua le sourire sur les lèvres de la plupart des participants, à l'exception du commandant.

— Poursuivez monsieur Griffin, encouragea-t-il aussitôt.

— Comme vous le savez déjà, enchaîna l'astronome, la composition de son atmosphère à la surface est comparable à ce que l'on trouvait sur Terre. Les analyses de l'air ambiant ne révèlent pas de substance chimique ou biologique dangereuse. Enfin, les mesures réalisées en plusieurs points nous rassurent sur l'absence ou la faible intensité de rayonnements nocifs pour les organismes vivants, signe de l'existence probable d'une couche protectrice d'ozone.

— *Esperanza* est dotée de trois satellites naturels, ajouta-t-il, dont l'un d'eux, d'une taille plus importante que la Lune, est assez proche de la surface de la planète, et qui doit être à l'origine de marées de fortes amplitudes. Pas de questions sur ce qui a été dit jusque-là ?

La mission Mayflower

Arnold Griffin jeta un regard circulaire sur la petite assemblée qui suivait attentivement son exposé, mais personne ne demanda la parole. Il afficha alors l'image suivante qui montrait une carte à grande échelle de la surface de la planète.

— Voici les relevés topographiques que le satellite a permis de réaliser, reprit l'astronome. Vous pouvez voir que la planète nous propose plusieurs continents, cinq exactement, mais deux sont beaucoup plus étendus que les autres. Le premier, sur la droite, est vaste et nous apparaît, a priori, comme essentiellement désertique, à part quelques zones qui font exception. Le second, à gauche est divisé en trois parties, le nord, qui semble être humide, voire marécageux, le centre, qui abrite un relief montagneux, avec des sommets gigantesques, et le sud, qui est, comme l'autre continent, comparable à un grand désert.

— Nous ne sommes pas très surpris, poursuivit-il, de voir que, dans son ensemble, la planète est plus chaude que la Terre, étant donné que son étoile est plus brillante, ce qui provoque, sans aucun doute, une chaleur au sol avec des températures élevées, de l'ordre de 20 ou 21 degrés Celsius en moyenne. En revanche, nous ne comprenons pas très bien pourquoi le nord de l'un des continents bénéficie d'un régime de pluies abondantes qui va même, en certains endroits, jusqu'à saturer l'humidité du sol. Les mers et océans sont nombreux et c'est, peut-être, un régime de vents particulier qui permet d'arroser cette région humide qui n'existe qu'en cet endroit …

— Nous n'avons pas décelé de traces de civilisation développée, précisa-t-il, pas de structures visibles d'en haut, pas de satellite artificiel qui orbite autour de la planète, ce qui ne veut pas dire, évidemment, qu'il n'y a pas de vie biologique intelligente, animale ou autre … Voilà ! j'ai terminé le résumé de nos observations …

— Bien ! enchaîna le commandant, c'est avec ces quelques éléments que nous devons choisir un point de chute, alors, bien que j'ai ma petite idée là-dessus, j'attends vos remarques et suggestions ...

Voyant que personne n'osait prendre la parole, Jim Howard ouvrit le débat :

— Je pense que ma contribution ne sera pas exceptionnelle, prit-il la précaution de dire, si je suggère de faire un premier choix consistant à préférer le continent situé à gauche sur la carte, celui qui a une zone riche en eau, et qui, je pense, est aussi l'avis de tout le monde ici, n'est-ce pas ?

— Quelqu'un aurait-t-il un avis contraire à ce qui vient d'être dit ? demanda le commandant.

A nouveau, le silence de la salle fut perçu comme la confirmation de la proposition avancée par le doyen des colons.

— Parfait ! déclara alors le commandant, nous sommes tous de cet avis. C'est le continent de gauche ...

— Pour faciliter la dénomination des continents, intervint Arnold Griffin, comme le soleil se lève sur la droite de la carte, nous avons, entre nous, appelé ce continent de droite le « Levant » et celui de gauche le « Ponant » !

— Donc, nous optons pour le *Ponant* ! affirma solennellement le commandant Effenberg. A présent, nous devons préciser la zone, sachant que nous avons trois parties très différentes ... le nord, le centre et le sud ... Qui a une idée ?

— J'ai également le sentiment de dire une banalité, osa affirmer Lexie Graham, l'ingénieure agronome, mais, il me semble que l'eau nous étant indispensable pour un tas de raisons, nous n'avons pas d'autre choix que de préférer le nord qui recèle une quantité importante d'eau ...

Lexie Graham, une femme d'âge mûr et d'allure jeune, avait une silhouette svelte. Elle avait un visage lumineux et bronzé qui exprimait une intense sérénité. Son sourire désarmant montrait des dents bien rangées. Ses grands yeux verts lui donnaient un regard pétillant. Sa

La mission Mayflower

longue chevelure brune, coiffée en queue de cheval, tombait jusqu'au milieu du dos.

— Qui n'est pas de cet avis ? questionna le commandant.

— Nous savons bien que l'eau nous est indispensable, objecta Juan Carlos Ortiz, l'architecte, mais si nous sommes sur un terrain instable, parce que trop mou, nous aurons beaucoup de mal à ériger des bâtiments et des œuvres d'art qui tiennent debout !

Juan Carlos Ortiz affichait une bonhomie qui le rendait plutôt sympathique. Âgé d'une quarantaine d'années, il était de grande taille avec une forte corpulence. Sa bouche rieuse et sa fine moustache lui donnaient un visage plein d'amabilité et de gaieté. Il avait des yeux d'un bleu azur, légèrement bridés, et le regard brillant. Ses longs cheveux châtains étaient coiffés en queue de cheval. Il était élégamment vêtu et parlait d'une voix au timbre clair.

— Je crois aussi, déclara Yveleen Carson, la biologiste, que la présence de marécage, comme cela a été dit, est propice à la prolifération de toutes sortes d'organismes microbiens ou viraux, entre autres, qui pourraient nous compliquer la vie …

Yveleen Carson était une femme d'un jeune âge qui avait un aspect très plaisant. Elle était de haute stature avec une allure mince et une démarche gracieuse. Elle avait un visage agréable, avec une bouche sensuelle et un sourire charmeur. Elle avait de grands yeux clairs candides et un regard plein de douceur. Ses cheveux bruns et courts mettaient en valeur l'ovale parfait de son visage. Elle portait un ensemble près du corps et parlait d'une voix douce.

— Excellente remarque ! commenta le commandant. Qui d'autre veut exprimer un point de vue sur la question ? Monsieur Swacha, vous qui êtes géologue, vous devez avoir un avis sur la question ?

Tomasz Swacha, le géologue, était un homme d'un âge mûr, de taille moyenne, avec une silhouette svelte. Malgré de grands yeux noirs, enfoncés dans leur orbite, avec des sourcils abondants, il arborait un visage impassible d'une pâleur cadavérique. Il avait les cheveux en désordre, de couleur châtain clair, et le front recouvert par de larges boucles. Il portait la combinaison traditionnelle, comme la plupart des colons.

— Vu de l'endroit où nous sommes et à la lumière des images dont nous disposons, répondit le géologue, nous devons exclure les zones désertiques ainsi que la partie montagneuse, et donc, je pense que nous n'avons pas le choix, seule la partie offrant la ressource essentielle qu'est l'eau peut convenir. Je ne peux l'affirmer, mais, il serait surprenant que, d'un point de vue géologique, la zone en question ne contienne pas des terres au sec, surtout si l'on choisit un emplacement proche de la zone montagneuse ...

— Voici une idée que je trouve intéressante, releva le commandant, monsieur Swacha nous propose une piste, la zone humide mais proche de la partie rocheuse, pour avoir plus de chances de trouver un sol stable, qu'en pensez-vous ?

— Mon opinion rejoint totalement celle que monsieur Swacha vient d'exprimer, déclara Arnold Griffin, l'astronome, à moins que quelqu'un ait une objection valable ...

— Je crois aussi que cela est une bonne synthèse pour choisir notre point de chute, approuva Jim Howard, le doyen.

— Qui n'est pas en accord avec l'avis de monsieur Swacha ? insista le commandant.

Personne ne semblait vouloir s'exprimer.

— Mademoiselle Carson, questionna le commandant Effenberg, vous qui avez donné un avis de biologiste, nous mettant en garde contre l'éventuel excès d'eau, avez-vous une proposition alternative ?

— Non, commandant, répondit la jeune femme, si je dois choisir entre l'excès d'eau et pas d'eau du tout, je préfère la première formule, bien évidemment !

La mission Mayflower

— Et vous, monsieur Ortiz ? poursuivit le commandant, vous qui avez fait observer que la construction de nos structures exigeait un sol stable, donnez-vous votre accord ou bien disposez-vous d'une autre solution ?

— Non, commandant, reconnut l'architecte, je n'en ai pas d'autre …

— Bien ! déclara le commandant, alors, maintenant, il faut …

— Veuillez m'excuser … interrompit soudain Jim Howard, le patriarche. Mais, il me semble que l'on a écarté un peu vite la solution consistant à s'installer dans la partie centrale et montagneuse du continent. Cela permettrait de résoudre plusieurs problèmes à la fois, comme la présence d'eau, un sol solide et une température agréable, non ?

Tous les participants se tournèrent simultanément vers le commandant, pour voir sa réaction à une objection qui, de prime abord, paraissait cohérente. Konrad Effenberg se grattait la tête, ce qui semblait signifier qu'il était un peu embarrassé par la question. Ce fut, en définitive, Tomasz Swacha, le géologue, qui le sortit de ce mauvais pas :

— Monsieur Howard, dit-il, votre idée est intéressante, mais je vois, au moins, trois éléments à prendre en considération qui vont à l'encontre de cette suggestion. La première, c'est qu'il nous faudra construire des bâtiments sur une surface plane, pour assurer leur stabilité, Juan Carlos, architecte de métier, ne me contredira pas sur ce point. La seconde, c'est qu'il nous faudra également trouver des terres arables et riches, suffisamment étendues pour y établir nos plantations agricoles et atteindre l'autonomie alimentaire, Lexie, ingénieure agronome, ne me contredira pas non plus sur celui-là. Et la troisième, cher ami, c'est qu'il nous faut éviter de nous installer dans un endroit trop enclavé, car il faudra, un jour, penser aux problèmes de communication entre notre cité et le reste de la planète …

La mission Mayflower

— Dommage, s'empressa de conclure le commandant, visiblement soulagé, c'était pourtant une idée intéressante, mais monsieur Swacha a tout dit de ses inconvénients. J'ajouterais qu'un terrain en pente va terriblement compliquer les opérations du débarquement et que nous n'avons que de temps pour prendre une décision. A présent, il nous reste à choisir plus précisément le lieu de notre débarquement, mais je crois que nous avons les éléments essentiels qui vont nous guider pour le faire !

Les participants au Conseil étaient persuadés que la réunion était terminée, lorsque le Chef de la sécurité, Horatio Mercadal, posa sa question :

— Commandant, dit-il, que va-t-il se passer à présent ? je veux dire … concrètement, dans le détail des opérations du débarquement … je suppose qu'il y a une procédure prédéfinie à respecter … Quand serons-nous informés ?

— C'est une excellente question, Horatio, admit le commandant, et, non seulement j'allais vous en parler, mais je comptais bien sur vous pour aider à définir la suite. Certes, il existe bien des instructions, mais elles restent fort logiquement vagues puisqu'il faut s'adapter à la réalité du terrain que nous allons rencontrer. Mais, à présent, ça y est ! nous sommes au pied du mur …

— Vous n'ignorez pas, enchaîna le commandant, que le *Mayflower* n'a pas été conçu pour atterrir sur une planète comme *Esperanza*, étant donné sa masse colossale qui ne permet pas une telle manœuvre. Alors, cela signifie que nous allons devoir improviser à partir d'une trame qui nous a été transmise par les concepteurs du projet.

— Que dit cette trame ? interrogea le capitaine Rosen, inquiet.

Le commandant Effenberg prit la télécommande et afficha une nouvelle image sur laquelle on pouvait lire une suite de conseils relatifs aux opérations de débarquement.

— Vous pouvez voir la liste des recommandations telle qu'elle m'a été révélée, dit le commandant, en premier : « *1° Choisir une aire de débarquement, si possible proche de ressources en eau et terres arables pour favoriser les plantations … ».* C'est ce que nous venons de faire … même si la zone exacte reste à préciser …

— En deuxième, poursuivit-il, on lit : « *2° Prévoir une zone d'environ 9 kilomètres carrés, 3 sur 3 kilomètres et la sécuriser avant d'amener le matériel sensible et les colons … ».* Voilà, nous sommes dans cette phase, le choix de la zone précise où nous allons installer notre ville … Pour cela, je propose que certains d'entre nous débarquent sur la planète et inspectent les lieux de près avant de décider plus précisément de l'endroit idéal …

— Lesquels d'entre nous ? demanda le capitaine Rosen.

— Eh bien … répondit le commandant sans hésiter, cela me paraît être une évidence … je pense que vous, capitaine Rosen, êtes partant, en qualité de représentant de l'autorité, puisque vous êtes le commandant en second et que je dois rester ici … ensuite, je crois que Horatio doit être présent, puisque c'est lui qui aura la responsabilité de sécuriser la zone, comme indiqué dans la directive … avec eux, il me semble nécessaire de rassembler le maximum de compétences pertinentes pour faire le choix définitif.

— Qui d'autre ? insista le capitaine après avoir manifesté son étonnement en haussant les sourcils.

— Je pense, répondit le capitaine avec un petit sourire malicieux, que la présence d'un géologue, d'un architecte, d'une biologiste et d'une ingénieure agronome est indispensable pour avoir en main la totalité des avis et décider d'un commun accord …

Le commandant Effenberg n'imaginait pas que ses propos allaient provoquer autant de stupéfaction et de désarroi parmi les participants à sa petite assemblée.

— Vous aurez la difficile tâche de trouver le meilleur endroit pour ériger notre ville, indiqua le commandant. Je vous demande simplement de vous mettre d'accord entre vous et ne revenez pas me voir avant d'avoir fait ce choix à l'unanimité !

Un long silence s'installa dans la petite salle de réunion où chacun semblait digérer, peu à peu, les injonctions du commandant.

— Commandant, intervint Horatio Mercadal, le chef de la sécurité, puis-je poser une question ?

— Bien sûr, Horatio, accepta le commandant.

— Il est indiqué que nous devons « sécuriser la zone », demanda Horatio Mercadal, puis-je savoir comment est-il possible de sécuriser une zone de 9 km² avec seulement les quelques agents de la sécurité qui composent mon unité ?

— Voyons, monsieur le Chef de la sécurité, répondit le commandant avec un air taquin, je ne vais pas vous apprendre votre métier ! Faites donc fonctionner vos méninges … nous disposons d'engins de levage, d'engins de terrassement, et d'une bonne centaine de robots domestiques qui savent les piloter, nous pouvons peut-être envisager de creuser un fossé ou bien d'ériger un mur de protection électronique, ou bien les deux en même temps, vous ne pensez pas que cela serait déjà un début de sécurisation ?

— Oui, certainement, commandant, dut concéder Horatio Mercadal l'air confus.

— D'autres questions sur ce deuxième point de la procédure ? demanda le commandant.

Personne ne s'étant manifesté après quelques secondes, le commandant Effenberg lut la recommandation suivante :

— Le troisième point, dit-il, est celui-ci : « 3° *Débarquer le matériel avec les barges de débarquement N° 3 et N° 4, et construire les bâtiments selon l'un des plans proposés …* ». Nous disposons de trois exemples de plans pour bâtir la cité, je suppose que nous devrons faire un choix, le moment venu, qui soit le plus en accord avec la topographie des lieux … monsieur Ortiz, je pense que cela est de votre ressort, n'est-ce pas ?

— Certainement commandant, répondit l'architecte, je m'en charge …

— Pourquoi est-il fait mention des barges de débarquement 3 et 4 ? interrogea le capitaine Rosen.

— Il y a six barges de débarquement en tout, expliqua le commandant, et le *Mayflower* a été conçu comme un puzzle, avec des éléments qui ont été prévus pour servir tout au long du voyage et qui, à l'arrivée, vont se détacher intégralement pour un usage qui va se poursuivre au sol.

— les barges 1 et 2 sont déjà occupées et prêtes à l'emploi, continua le commandant, la N° 1, contient l'unité de production électrique nucléaire et la N° 2, l'infirmerie et l'hôpital avec ses unités chirurgicales. Ces barges sont à débarquer en dernier. Les barges 3 et 4 sont également préchargées avec tout le matériel nécessaire pour ériger les principaux bâtiments de la future cité, avec notamment l'unité de production alimentaire et l'unité de production industrielle. Quant aux barges 5 et 6, elles sont libres et disponibles pour tout usage. Elles ont servi de salles de spectacle durant tout le voyage …

— Le quatrième point, poursuivit-il, nous suggère : « *4° Débarquer les colons avec les barges N° 3 à 6, puis débarquer les barges N° 1 et N° 2 …* ». Chaque barge peut transporter 150 personnes environ, cela signifie qu'avec 4 barges la totalité des colons peut être débarquée en 13 rotations, ce qui prendra 72 heures au maximum … Qu'en pensez-vous ?

— Cela serait une véritable prouesse ! s'extasia Yveleen Carson.

— J'aurais imaginé bien plus que cela, déclara Jim Howard, le doyen.

— Je crois que c'est à notre portée, affirma le commandant, si tout se passe bien en amont, bien sûr !

La mission Mayflower

— « *5° conduire le vaisseau jusqu'à sa dernière destination ...* ».
Que signifie le cinquième point ? demanda le capitaine Rosen.

— Que pensez-vous qu'il faille faire du *Mayflower* ? rétorqua le
commandant avec un air contrarié. Souhaitez-vous qu'il soit
abandonné en orbite avec le risque qu'il s'écrase un jour sur nos
têtes ?

— Je n'en sais rien, reconnut Walter Rosen, mais, où est donc sa
dernière destination ?

— Ça, c'est mon affaire, n'est-ce pas ? déclara le commandant avec
un air énigmatique. Les opérations commencent dans trois
heures, vous avez tout juste le temps de vous préparer ... Bonne
chance mes amis !

IV -   Konrad Effenberg

La barge de débarquement N°5 était une surface plane de 200 m² et de 10 mètres de hauteur. Elle contenait aisément le premier chargement de matériels, de machines, de robots et de colons qui allaient avoir le privilège de poser le pied sur *Esperanza*, avec l'objectif de déterminer le meilleur endroit pour bâtir une cité. C'était une belle journée ensoleillée avec une température très clémente, presque chaude.

L'engin approchait lentement de la planète, en émettant un léger sifflement, et les visiteurs étaient rivés devant les écrans qui diffusaient les images du sol en provenance des trois caméras situées sous l'appareil. Le pilote avait pour instruction de survoler un large périmètre afin de distinguer, vu du ciel, quelle zone pouvait convenir. C'était un moment très émouvant pour le capitaine Walter Rosen et les quelques terriens qui l'accompagnaient, et un profond silence régnait dans la cabine de pilotage.

Après avoir survolé la côte ouvrant sur l'océan, avec son relief rocheux, ses falaises et sa multitude de petites îles boisées, ils s'enfonçaient à l'intérieur des terres, à la frontière entre la zone humide et une aire montagneuse couverte d'immenses forêts. Ils scrutaient attentivement les écrans en espérant distinguer des signes de vie, mais, à part une végétation éparse, ils ne voyaient aucun mouvement qui soit de nature à trahir une quelconque présence.

Soudain, le pilote poussa un cri :

— Là ! Sur la crête, je vois un troupeau d'animaux ! dit-il.

Aussitôt, tous les regards se braquèrent sur les pentes de l'un des sommets où une dizaine d'animaux semblaient courir se cacher à l'approche de l'engin volant.

— Ce sont des chèvres de montagne, affirma le capitaine Rosen.

La mission Mayflower

— Oui, confirma Yveleen Carson, on dirait même des mouflons avec leurs cornes recourbées en arrière.

— Là-bas ! surenchérit le pilote, on distingue quelques volatiles en plein vol …

On pouvait voir, au loin, quelques oiseaux qui planaient en survolant les espaces entre les crêtes. Leurs ailes, grandes ouvertes, permettaient de profiter du vent qui s'engouffrait dans les vallées en provenance du large et de planer au ralenti.

— On dirait des rapaces, suggéra Tomasz Swacha.

— Oui, on dirait même qu'ils sont en train de chasser ! précisa la jeune biologiste.

— Nous venons de voir les premiers occupants de la planète *Esperanza*, déclara le capitaine Rosen, et cela laisse supposer qu'il y en a d'autres, n'est-ce pas ?

— C'est probable, en effet, répondit Yveleen Carson, car ceux que nous avons vus sont des maillons assez élevés dans la hiérarchie de la chaine alimentaire, ce qui nous garantit que nous allons découvrir les maillons manquants …

— Je suis très surprise de voir une faune et une flore qui soient très proches de celles qui peuplaient la Terre, déclara Lexie Graham. J'avais imaginé que nous trouverions des créatures plus monstrueuses que celles-ci …

— Nous ne sommes pas au bout de nos découvertes, n'est-ce pas ? observa le capitaine Rosen. Peut-être que les prochaines seront semblables aux terrifiants dinosaures qui ont régné sur Terre il y a plusieurs millions d'années …

— Ou bien, objecta Yveleen Carson, devrons-nous faire le constat que les formes de vie les plus pertinentes pour assurer leur survie sont tout simplement celles que nous connaissions sur Terre …

— Posez-vous sur la bande de terre rouge là-bas, si c'est possible ! indiqua Tomasz Swacha au pilote.

La mission Mayflower

Le géologue montrait du doigt une aire plane située à la frontière entre la vaste forêt qu'ils venaient de survoler et une terre plus noire qui semblait être le début de la zone arable. L'appareil se posa lentement à la verticale du point souhaité et le pilote stoppa les moteurs qui gémirent lentement jusqu'à leur totale extinction. Le capitaine Rosen désigna la biologiste, le géologue et l'ingénieure agronome pour l'accompagner faire une reconnaissance à l'extérieur de la barge de débarquement.

Par prudence, les terriens revêtirent leurs combinaisons étanches et leurs casques de survie avant de passer dans le sas qui faisait, aussi, office de salle de décontamination. En posant le pied sur le sol de cette nouvelle terre, les quatre visiteurs furent saisis d'une forte émotion et, les yeux mouillés, ils se regardèrent un instant, à travers la vitre de leurs casques, pour dédier une pensée à tous ceux qui avaient œuvré pour que ce moment arrive. Puis, sans un mot, sans perdre plus de temps, le capitaine Rosen fit un signe de la main pour inviter les autres à le suivre.

Yveleen Carson procéda à quelques analyses rapides de l'air ambiant qui confirmèrent que l'atmosphère d'*Esperanza* était sans danger pour les humains, mais ils avaient pour consigne de conserver, encore pour un temps, leur scaphandre de protection. Ensuite, ce fut au tour du géologue Tomasz Swacha de porter un diagnostic sur la qualité du sol et son aptitude à supporter les constructions de la cité qu'ils projetaient. Pour cela, il avait pris avec lui un petit appareil permettant de réaliser des carottages de quelques centimètres dans le sol. Enfin, l'ingénieure agronome, Lexie Graham, s'était munie d'une petite pelle pour remuer la terre et juger de sa richesse sur le plan agronomique.

La terre rouge sur laquelle ils avaient atterri était dure et, selon l'avis du géologue, ressemblait à de la bauxite. Ils se mirent en mouvement vers la partie où la terre était plus sombre, presque noire. Ils purent ainsi ressentir la force de pesanteur de la planète qui était légèrement supérieure à celle à laquelle ils étaient habitués. A quelques centaines de mètres, le sol devenait meuble sous leurs pas et Lexie Graham put aisément faire des prélèvements en recueillant des échantillons de terre :

La mission Mayflower

— Ici, la terre est riche, dit-elle, elle provient sans doute d'alluvions fluviatiles ou bien fluvioglaciaires, on peut faire pousser tout ce que l'on veut …

— Ça serait donc par ici que l'on pourrait trouver les conditions idéales pour construire notre ville, déclara le capitaine Rosen, qu'en pensez-vous ?

— Pour moi, répondit le géologue, les conditions sont réunies pour satisfaire aux nécessités d'avoir d'un côté, un sol stable pour construire, et de l'autre, un sol meuble pour récolter.

— Pour moi également, ajouta l'ingénieure agronome, cette terre où nous sommes me semble propice à l'activité agricole, sous réserve d'avoir le résultat des analyses qui le confirmeront.

— Et pour vous, mademoiselle Carson ? demanda le capitaine.

— Pour moi, répondit la biologiste, je ne vois aucune objection à établir une cité ici, rien ne semble s'y opposer !

Soudain, une brise maritime se leva pour se transformer rapidement en un fort vent provenant du large qui amena de gros nuages noirs au-dessus d'eux, jusqu'à cacher l'astre solaire. Une pluie orageuse et drue se mit à tomber, entremêlée d'éclairs, de tonnerre et de grêlons, qui les contraignit à revenir se mettre à l'abri dans la barge.

— Cela ressemble à un climat tropical, commenta le géologue, il va falloir s'y habituer et prévoir qu'il peut survenir des inondations.

— Je crois monsieur Ortiz, déclara le capitaine Rosen en s'adressant à l'architecte, que la bonne zone pour ériger notre cité se trouve dans les parages. A vous de déterminer, avec vos collègues, le meilleur endroit en tenant compte de toutes les contraintes … solidité du sol, fertilité, ressource en eau, etc. sans oublier les considérations sécuritaires …

La mission Mayflower

La suite de l'opération de débarquement s'avéra comme un véritable succès. Tout semblait se dérouler selon les plans arrêtés 150 ans plus tôt par les concepteurs de la mission *Mayflower*… Tout ? Enfin … presque.

Avec l'aide des androïdes au volant d'engins de terrassement, c'est-à-dire les ouvriers capables d'exécuter les basses œuvres, Horatio Mercadal, le chef de la sécurité, fit creuser un fossé tout autour de l'aire de 9 km² et édifier un « mur électronique » dans le but de sécuriser la zone. Le mur électronique consistait en une palissade formée de générateurs électriques, alimentés par des batteries solaires, interdisant le passage sous peine de recevoir une décharge dissuasive. Puis, après avoir choisi un plan adapté à la topographie des lieux, Juan Carlos Ortiz, l'architecte en charge des travaux, aidé de quelques assistants, commença la construction des bâtiments devant accueillir les colons.

Comme le prévoyaient les instructions et tel que cela avait été anticipé depuis le début de la mission, les barges de débarquement 3 et 4 amenèrent le matériel et les équipements nécessaires préassemblés. Parmi ceux-ci, se trouvait l'unité de production de concentrés alimentaires, véritable usine miniature permettant de fabriquer les divers comprimés de nourriture à partir des ingrédients agricoles bruts. On trouvait aussi l'unité de production industrielle, permettant de fabriquer de manière automatique, à partir des matériaux de base, toutes pièces nécessaires à la construction ou la réparation des outils. Tout était déjà prêt à l'emploi et fut promptement déchargé, engins de terrassement, engins élévateurs, matériaux de construction et les robots qui allaient exécuter les travaux. La plupart des outils fonctionnant à l'énergie solaire, il fallut néanmoins attendre quelques heures, le temps de recharger les accus.

Les habitations étaient en matériaux préfabriqués, faciles à monter, conçus pour s'imbriquer les uns dans les autres sur deux niveaux maximum. Une centaine de robots WB-3, guidés par quelques androïdes de type AIX-5, machines dotées d'une intelligence supérieure, eux-mêmes encadrés par l'équipe d'architectes, vinrent à

La mission Mayflower

bout de la construction de la cité en une semaine locale. L'étape N° 4, le débarquement des colons, pouvait alors commencer …

Là également, comme le suggérait la procédure prédéfinie, un ballet incessant de barges de débarquement se tint durant trois jours sans discontinuer pour évacuer les quelques 7.750 colons présents sur le *Mayflower*. Pourtant, lors de l'une des dernières rotations, un agent de la sécurité s'adressa au commandant Effenberg pour lui demander de venir régler un problème qu'il ne parvenait pas à résoudre.

Le commandant se rendit immédiatement sur place, le pont D33, et s'informa du problème :

> — Commandant, expliqua l'agent de sécurité, un couple de colons, Emela et David Ferd, ne veut pas quitter le navire …

Le commandant se fit conduire dans le local où se trouvaient une femme et un homme, d'âge très avancé, qui se tenaient debout par la main, stoïques, et il leur demanda les raisons qui les poussaient à refuser de débarquer.

> — Commandant, répondit David Ferd, nous sommes nés ici, notre maison est ce vaisseau et nous sommes trop vieux pour conquérir le nouveau monde …

> — Il n'est pas question que je laisse quiconque derrière moi, affirma le commandant d'un ton bourru. Le commandant est toujours le dernier à quitter son navire et je pars dans une demi-heure …

> — Mais, commandant, insista le vieil homme, nous ne vous serons d'aucune utilité, seulement des bouches à nourrir, deux boulets …

> — J'ai la charge de tous ceux qui sont ici, avec moi, et ma mission est de ramener tout le monde, répliqua le commandant, indépendamment de sa condition, de la couleur de sa peau ou de son âge …

La mission Mayflower

— Nous n'avons plus envie de nous battre, commandant, nous n'avons plus la force … déclara le vieux colon, visiblement au bout de sa conviction.

— Très bien, dit le commandant impassible, alors nous allons vous évacuer par la force s'il le faut ! Monsieur Ferd, ne m'obligez pas à faire ce qui me répugne …

Le vieil homme, visiblement atteint du « syndrome de la cabane » à un niveau sévère, hésita un instant avant de sembler capituler :

— Bon, si vous insistez, finit-il par murmurer, laissez-nous quelques minutes pour préparer nos affaires …

— Parfait ! Vous avez exactement cinq minutes avant le départ de la dernière navette ! ordonna le commandant. Ne la ratez pas, sinon je reviendrai vous chercher avec la sécurité !

Emela et David Ferd réintégrèrent leur cabine, l'air résigné, tandis que le commandant Effenberg rejoignait le poste de pilotage pour superviser les dernières manœuvres. Trois minutes plus tard, l'agent de sécurité du pont D33 l'appelait pour lui signifier le suicide des deux colons … ils s'étaient donnés la mort avec une arme blanche de fortune, en s'ouvrant les veines …

Pour le commandant Effenberg, ce fut un choc, car il n'avait pas envisagé une seule seconde qu'un tel événement puisse survenir. Il se demandait s'il n'aurait pas dû envoyer le docteur Quoc Nguyen régler ce différend, lui n'aurait sans doute pas pris la situation à la légère. Il prenait brutalement conscience qu'il avait touché là les limites de l'autorité militaire pour dénouer certaines situations impliquant la psychologie humaine …

Lorsque tous les colons furent transférés, les barges de débarquement N° 1 et N° 2, contenant l'unité de production électrique et le bloc hôpital, vinrent compléter les équipements de la cité. A présent, il revenait au commandant de « conduire le vaisseau jusqu'à sa dernière destination … », comme le suggérait les consignes. Le « Manuel du commandement », que seul Konrad Effenberg avait le droit de consulter, recommandait que ces consignes restent secrètes, pour

La mission Mayflower

éviter que cela ne heurte l'équipage, car elles spécifiaient que la dernière trajectoire du *Mayflower*, le « *home* » des colons pendant plus de 150 ans, était tout simplement droit sur l'astre solaire ...

Le commandant Effenberg était devant le pupitre de commande et avait déjà programmé la nouvelle destination du navire, il lui suffisait d'appuyer sur le bouton ... Mais, il hésitait, car il était soudain frappé du « syndrome de la cabane » à son tour, c'est ainsi que les psys appelaient l'appréhension naturelle à quitter le navire que la plupart des colons avaient éprouvée. Ils étaient tous nés sur le *Mayflower*, lui comme tous les autres, et il était normal de tergiverser au moment de l'abandonner pour toujours. Il savait qu'après avoir appuyé sur le bouton, il ne pourrait plus revenir en arrière ...

Par ailleurs, le commandant avait été très affecté par la disparition brutale d'Emela et David Ferd, car il considérait cela comme un échec personnel et un terrible accroc dans son management de la mission. Les corps avaient été laissés dans le navire, comme ils l'auraient sans doute souhaité et ils allaient l'accompagner jusqu'à sa dernière demeure. L'espace d'une seconde, l'idée de faire comme eux traversa l'esprit du commandant ... Puis, il se ressaisit, chassa les idées noires en pensant à tous ceux qui l'attendaient, en bas, et, considérant que la réussite de la mission *Mayflower* n'était pas acquise et qu'elle était l'objectif principal de sa vie, il appuya sur le bouton, avant de rejoindre d'un pas alerte la dernière barge en partance pour *Esperanza* ...

L'éphéméride indiquait la date du 29 septembre 2.544, le jour où l'on fête la *saint Michel* et le premier jour de l'an Un de la Nouvelle Année. Le périple du *Mayflower* à travers l'espace intergalactique avait duré 152 années terrestres, six mois, cinq jours et 14 heures ... et, après avoir rempli sa mission, il se dirigeait paisiblement vers l'étoile KB-1244 ...

La mission Mayflower

V - WALTER ROSEN

Malgré la participation active des différents robots, l'installation des colons fut longue, progressive et pas toujours aisée. Outre les séquelles laissées par le « syndrome de la cabane » qui touchait tout le monde, il fallut s'adapter aux nouvelles conditions de vie qu'offrait la planète. Des journées plus longues, une pesanteur plus fatigante, un climat quasiment tropical qui insupportait la plupart d'entre eux, les colons avaient beaucoup de mal à s'acclimater, n'ayant jamais connu autre chose que l'atmosphère ouatée du *Mayflower*. Durant de nombreux jours, pour certains, la seule distraction fut le spectacle grandiose offert par les aurores boréales qui embrasaient le ciel nocturne en prenant différentes teintes, passant du vert au rose, au rouge et à l'indigo violet.

L'objectif étant d'atteindre l'autosuffisance alimentaire et énergétique, les premiers temps furent consacrés à fournir beaucoup d'efforts pour l'agencement de la cité et travailler dur pour les activités agricoles réalisées sous un soleil de plomb. C'est à cette période que l'on enregistra le premier décès d'un colon sur la planète *Esperanza*. Beaucoup d'entre eux furent surpris, désorientés même, d'assister à une cérémonie de « mise en terre », alors que, sur le vaisseau, ils n'avaient connu que la crémation.

Pourtant, peu à peu, après une longue période de labeur et de souffrance, la petite communauté des terriens commençait à relever la tête et à prendre la mesure de sa nouvelle planète. Comme l'avaient prévu les cliniciens, après un temps d'adaptation variable selon les individus, les colons avaient acquis leur nouveau rythme biologique et reprenaient enfin goût à la vie. L'arrivée de la première naissance sur le nouveau monde, une petite fille du nom de *Stella*, fit beaucoup de bien au moral des troupes et fut prétexte à l'organisation d'une grande fête.

La mission Mayflower

Jusque-là, ils n'avaient pas eu le loisir de visiter les lieux environnants la cité. Ils ignoraient à peu près tout des formes de vie au-delà de la palissade électrique. Seuls, quelques petits animaux sauvages, provenant des bois avoisinants, avaient déclenché épisodiquement le système d'alarme.

Comme le prévoyait la « Charte de la Vie en Collectivité », véritable bible des Lois à respecter par tout colon sur le navire, une fois la mission terminée, il était clairement conseillé de renoncer à l'organisation quasi-militaire qui régnait sur le *Mayflower*, sous la férule du commandant, pour mettre en place un régime politique dirigé par des civils. Les modalités d'exercice du pouvoir étaient d'ailleurs bien précisées dans la Charte. Avec un scrutin majoritaire qui supposait la participation de tous, il était prévu que l'un des colons soit élu démocratiquement en qualité de maire de la cité et qu'il pourrait administrer la communauté avec le concours des adjoints de son choix.

C'est seulement lorsqu'il sentit que le moral des colons était revenu à un niveau acceptable que, considérant sa mission terminée, le commandant Effenberg se démit de ses fonctions en invoquant les obligations de la Charte. L'ex-commandant Effenberg, malgré de nombreuses sollicitations, refusa pourtant de présenter sa candidature à l'élection du maire, estimant sans doute qu'après avoir mené à bien la mission *Mayflower*, il était temps désormais de laisser la place aux jeunes pour prendre une retraite méritée …

A l'issue d'un scrutin qui n'avait pas soulevé les passions, ce fut l'ex-capitaine Walter Rosen qui obtint le poste de premier maire de la nouvelle cité, sans doute parce que, ayant montré de réelles aptitudes pour l'organisation lors des opérations de débarquement, il était l'un des rares colons à avoir acquis une notoriété au cours des dernières semaines. Pour l'assister, il choisit trois adjoints, Horatio Mercadal, pour assurer la sécurité, Juan Carlos Ortiz, pour le développement de la cité et Lexie Graham pour veiller à satisfaire les besoins alimentaires primordiaux.

Au lendemain de son élection, le nouveau maire recevait l'ex-commandant du *Mayflower*, Konrad Effenberg, à la demande de ce dernier. Cela n'était un secret pour personne, les deux hommes ne

La mission Mayflower

s'appréciaient guère et, sans qu'aucun différend précis ne les ait opposé, ils n'avaient jamais été proches l'un de l'autre. Ils se respectaient, certes, mais leur relation était toujours restée froide, sans la moindre complicité. Après que Konrad Effenberg ait pris place dans le petit bureau du maire, il refusa la boisson qui lui était offerte et enchaîna aussitôt sur l'objet de la visite qu'il effectuait, visiblement, à contre cœur :

— Monsieur le maire, dit-il sans aménité, permettez-moi tout d'abord de vous féliciter pour votre victoire électorale.

Walter Rosen ne répondit rien, attendant de connaître la raison de cette entrevue et essayant de deviner ce que l'ex-commandant transportait dans un sac volumineux qu'il avait posé à ses pieds.

— Monsieur le maire, poursuivit-il en montrant de la main le sac au pied de la table, je considère que vous devenez, avec votre élection, le dépositaire de ce qui m'a été transmis par mon prédécesseur, le commandant Wilson Davies, au moment où j'ai pris sa succession en qualité de premier officier sur le *Mayflower* …

— De quoi s'agit-il ? questionna Walter Rosen.

— Ce sont les documents de bord officiels, répondit Konrad Effenberg, placés sous la responsabilité des commandants successifs qui ont conduit la mission *Mayflower*. Vous trouverez deux pièces essentielles, le journal de bord du navire, où sont consignés tous les faits marquants au quotidien, et le « Manuel du commandement », rédigé par les concepteurs de la mission, véritable bible des conseils que le chef peut consulter dans certaines situations critiques prédéfinies à l'avance.

— En quoi suis-je concerné par ces documents ? s'étonna le maire sèchement. Il n'y a plus de navire donc le journal de bord n'a plus lieu d'être et il n'y a plus de commandant puisque l'autorité a été transférée sous la responsabilité des civils …

— Sans doute, répliqua l'ex-commandant, mais, personnellement, je n'ai plus aucune légitimité à conserver ces documents, étant donné que je suis redevenu un citoyen lambda. Vous êtes celui qui me semble le mieux à même d'hériter de ces pièces de notre patrimoine, à qui d'autre puis-je les confier ?

— De notre patrimoine, dites-vous ? répéta Walter Rosen, je ne comprends pas …

— C'est pourtant simple, monsieur le maire, expliqua Konrad Effenberg, pour ce qui concerne le journal de bord du commandant, c'est une partie de l'histoire de l'humanité qui y est enregistrée, sous forme audio et vidéo. Depuis que le *Mayflower* a entamé sa mission, les commandants successifs y ont consigné tous les événements majeurs survenus, au jour le jour, à notre petite communauté, qui est peut-être la dernière représentante de sa race. Vous pouvez considérer, à titre personnel, que cela n'a aucune importance, mais, les générations futures auront peut-être un avis différent … pour moi, en tout cas, il s'agit, indubitablement, d'une pièce majeure de notre patrimoine …

— C'est en le lisant, précisa-t-il, que j'ai appris, par exemple, qu'à peine dix ans après le départ depuis la Terre, une mutinerie a éclaté à bord du *Mayflower*, parmi un groupe de colons qui ne souhaitaient plus poursuivre la mission. Ils avaient décidé de faire demi-tour, car ils ne pouvaient plus accepter l'idée de passer leur vie entière enfermés dans le vaisseau …

— Et que s'est-il passé ? interrogea le maire Rosen devenu soudain curieux.

— Ah ! vous voyez que cela vous intéresse, n'est-ce pas ? parce que, une mutinerie, cela pourrait arriver ici aussi, les raisons ne manquent pas … eh bien … le commandant de l'époque n'a pas hésité à trancher dans le vif …

— C'est à dire ? demanda Walter Rosen.

— Il a tout simplement voulu dissuader les autres de recommencer et il a puni sévèrement les deux principaux meneurs de la révolte, un couple rebelle, conta l'ex-commandant. Il a réuni

La mission Mayflower

d'urgence un tribunal d'exception, les a fait juger et condamner à mort, puis, devant tout l'équipage, il les a fait larguer dans le vide spatial avec ce commentaire laconique : « Bon retour ! ». Inutile de vous dire que cela calmé les autres …

Walter Rosen dut reconnaître, intérieurement, que, vu sous cet angle, l'ex-commandant n'avait pas tout à fait tort. Il prenait conscience que, dans les années à venir, même si les priorités d'aujourd'hui étaient ailleurs, la race humaine voudrait comprendre son histoire et serait sans aucun doute friande de ce genre de détails, qui faisait le récit de son épopée.

— J'ai enregistré la dernière communication le jour même de ma démission, continuait l'ex-commandant, et je signalais qu'une élection allait permettre à un maire de prendre le relais de la gouvernance … D'ailleurs, je vous engage, vivement, à faire de même, les générations futures vous en sauront gré …

— Tenir un journal, voulez-vous dire ? demanda Walter Rosen.

— Oui, une nouvelle page de notre histoire s'ouvre et je pense qu'il est important de l'écrire, déclara Konrad Effenberg.

— Peut-être avez-vous raison, concéda le maire, je vais y réfléchir … et l'autre document, le « Manuel du commandant », que contient-il ?

— Il s'agit du « Manuel du commandement », et non du commandant ! rectifia Konrad Effenberg.

— Du commandement, soit ! répéta l'ex-capitaine, mais, sert-il vraiment à quelque chose encore maintenant que le « commandement » a quitté le *Mayflower* ?

— Je ne sais pas … admit l'ex-commandant, c'est à vous d'en juger. Pour ma part, j'y ai souvent trouvé les réponses aux questions que je me posais, parce que, soyez-en sûr, monsieur le maire, c'est un concentré de jus de cerveaux, une bible pensée par une multitude d'experts en tous genres, qui se sont creusé les méninges afin d'accoucher de ce document, à la demande des concepteurs de la mission. Comme on peut le lire dans sa préface, il serait le résultat de quelques dix mille années-hommes de réflexion et même certaines idées sont issues de l'inventivité puisée dans des milliers de livres de science-fiction ...

— Et ... lorsque vous êtes tout seul à devoir assumer le commandement ... ajouta Konrad Effenberg, on peut y lire des conseils précieux en fonction des différentes situations ... Vous savez, après avoir passé cent cinquante années dans un espace confiné, nous avons perdu le sens des réalités pratiques qui nous attendent à l'extérieur, ainsi que les réflexes de base nécessaires à notre adaptation, comme l'avaient nos aïeux, et, en particulier, ceux qui ont écrit ce manuel ...

— C'est là que j'ai trouvé le scénario du débarquement, déclara Konrad Effenberg en se levant de son siège et en se dirigeant vers la sortie, ainsi que les différents plans de la cité, adaptés aux diverses configuration topographiques. J'y ai trouvé aussi le scénario B, celui que l'on aurait dû adopter si *Esperanza* n'avait pas été une planète habitable. Et il comporte de nombreux autres chapitres concernant les situations possibles après que nous ayons débarqué sur la planète, ce qui correspond à la période actuelle ... J'ai pensé que cela pourrait vous être utile ... mais, bien entendu, cela vous regarde ...

Là encore, le maire Rosen se devait de reconnaître que l'ex-commandant Effenberg tenait des paroles pleines de bon sens et il regrettait son accueil froid et mitigé qu'il lui avait réservé. La démarche de son ancien chef était pleinement justifiée et s'inscrivait dans une logique de solidarité avec l'intérêt général de l'humanité qu'il devait saluer ...

La mission Mayflower

Walter Rosen avait basé l'essentiel de sa campagne sur un projet très court terme, « baptiser la cité », un projet moyen terme, « développer la cité », et sur un projet plus long terme, « explorer la planète » …

Le nom de la nouvelle ville fut adopté à la majorité lorsque l'un des colons proposa « Mayflower », bien que le nom de *Plymouth* ait été, lui aussi, beaucoup apprécié. Le vaisseau ayant été leur demeure durant plus d'un siècle et demi, c'était pour eux la meilleure des façons d'honorer à jamais sa mémoire.

Le développement architectural de la ville fut logiquement confié à Juan Carlos Ortiz. Il avait organisé l'espace des 9 km² avec, d'une part, la partie accueillant les habitations et les locaux communs, et d'autre part, une aire réservée aux nombreuses plantations, potagers, vergers et autres semis. L'emplacement de la cité avait été choisi par l'architecte, dans un vaste espace disponible offrant un potentiel d'extension quasi inépuisable.

Le projet d'exploration de la planète fut confié à Tomasz Swacha, le géologue. Le maire, Walter Rosen, avait fixé clairement l'objectif de procéder à l'inventaire le plus exhaustif possible de la faune, la flore et même le repérage d'éventuelles ressources naturelles présentes sur la planète *Esperanza*. Tomasz Swacha s'entoura aussitôt de compétences utiles en faisant appel à Yveleen Carson, la biologiste, Madison Cox, une anthropologue connue et Bryan King, un botaniste de renom.

Ensuite, Tomasz Swacha mobilisa les moyens nécessaires pour partir en expédition de reconnaissance au plus tôt. Il réquisitionna l'un des utilitaires tout terrain, tractant une remorque avec tout le matériel et disposant d'un moteur à énergie électrique solaire. Le but était de rallier l'océan qui se trouvait tout proche, plus au sud à quelques dizaines de kilomètres seulement, puis de remonter la côte vers l'ouest en direction des montagnes et des hauts sommets, pour revenir ensuite vers la cité, et le tout en quelques jours seulement.

Pour se diriger, les voyageurs disposaient des cartes dessinées par les quatre satellites qui avaient été largués et mis en orbite avant que le *Mayflower* ne soit abandonné à son triste sort. Ces quatre satellites avaient, par ailleurs, la faculté de permettre les communications au sol

La mission Mayflower

et de bénéficier des fonctions GPS pour la navigation et le repérage. Selon les cartes, l'itinéraire que le géologue envisageait d'emprunter semblait propice à un déplacement en zone suffisamment stable et plane pour pouvoir utiliser un véhicule motorisé. De plus, c'était un endroit qu'ils avaient déjà survolé lors du premier convoi de colons sur la planète afin de choisir le meilleur lieu pour édifier la cité.

Les quatre explorateurs prirent donc la direction du sud en restant, le plus possible, sur le sol de couleur rouge qui supportait aisément le poids du véhicule équipé de chenillettes. La vue était dégagée droit devant eux et Tomasz Swacha conduisait prudemment pour éviter les éventuelles mauvaises surprises. Ils avaient, de surcroit, positionné un drone au-dessus de leur tête, dont la caméra renvoyait les images des environs immédiats vues du ciel. Lorsque les obstacles devenaient plus serrés, rendant leur progression plus difficile, ils envoyaient l'androïde AIX-5 ouvrir la voie devant eux, pour que les « yeux » du robot aident à les guider.

Sur cette partie de leur parcours, la végétation était quasiment inexistante, sans doute à cause de la salinité du sol. Ils avaient procédé à de multiples prélèvements du sol par carottage ou bien simplement à l'aide d'une pelle. Bryan King, le botaniste avait fait de nombreux arrêts pour étudier les rares espèces qui poussaient le long de leur route et consigner ses observations.

Ce fut après un cheminement fastidieux d'une dizaine d'heures, sans avoir rencontré le moindre signe de vie, qu'ils parvinrent enfin sur la côte. Ils purent alors découvrir un paysage féérique que certains d'entre eux avaient déjà survolé …

A cet endroit, le rivage était légèrement accidenté, avec, en alternance, des petites falaises et de larges criques recouvertes de sable fin. A proximité de la plage, on distinguait de nombreuses petites iles boisées et accueillantes, offrant une vision paradisiaque.

En direction du lointain, l'océan proposait un dégradé de verts absolument parfait, entre le vert turquoise de l'eau proche du sable doré et le vert pastel au large qui se confondait avec le firmament sans aucun nuage. Pour la première fois, ils remarquaient que la couleur

La mission Mayflower

dominante de la planète *Esperanza* était le vert, alors que, dans les images qu'ils avaient vues de la Terre, ils conservaient en mémoire la prédominance du bleu.

Ils arrivaient à l'heure du soleil couchant et l'horizon se colorait de toutes les teintes d'oranger et de rouge. Un vol d'oiseaux migrateurs passait au-dessus d'eux, sans qu'ils puissent reconnaître l'espèce à laquelle ils appartenaient. Une légère brise marine, à l'odeur iodée, caressait la cime des arbres et la sensation d'une quiétude ajoutait à la beauté du panorama. Ils restèrent un long moment, tous les quatre, le souffle coupé, à contempler ce qui aurait été digne d'une carte postale.

> — C'est magnifique ! s'extasia Madison Cox visiblement émue.

Madison Cox était une jeune femme au physique agréable avec une longue chevelure brune qui descendait jusque dans le bas du dos. Elle avait un visage très expressif, illuminé par un éternel sourire. Ses grands yeux verts, candides, lui donnaient un regard plein de douceur. Elle portait une tenue sportive et décontractée.

> — Peut-être devrions-nous faire un prélèvement de cette eau qui semble limpide et propice à prendre un bain ! déclara Bryan King avec un petit sourire, rompant ainsi la magie du moment.

Bryan King, quant à lui, était un homme âgé d'une trentaine d'années, de grande taille et d'allure sportive avec une silhouette mince. Il avait le visage avenant, le regard vif et un sourire charmeur. Ses yeux clairs malicieux étaient cachés en partie par des cheveux ébouriffés qui dépassaient de sa casquette. Il portait des habits sport de couleur blanche.

> — Nous aurons tout le temps de faire cela demain matin, observa Tomasz Swacha, l'endroit me paraît idéal pour établir notre campement pour la nuit …

Le lendemain, sous l'effet de la marée, ils eurent la surprise de voir que l'eau s'était presqu'entièrement retirée et que l'on pouvait atteindre à pied sec quelques-unes des îles qui, la veille, semblaient hors de portée sans une embarcation. Ils s'approchèrent pour tenter

La mission Mayflower

d'apercevoir quelles faunes et flores étaient découvertes par la marée, mais, au-delà des rochers, la vase profonde leur interdisait de progresser dans l'espace libéré par les eaux. Ils durent se contenter de faire des prélèvements avec une perche et n'osèrent pas se risquer à aller plus avant, de peur de tomber sur une zone de sables-mouvants.

Après une rapide collation, ils prirent la direction de l'ouest, en longeant la côte, avec, face à eux, les hauts sommets montagneux recouverts d'un manteau blanc. Leur intention était de reconnaître les premiers versants du massif et non pas d'atteindre les hauteurs enneigées qui culminaient à plus de 9.000 mètres d'altitude. Au fur et à mesure qu'ils avançaient, ils prenaient de la hauteur et leur progression sur un sol rocailleux était rendue plus difficile.

Après une longue marche, ralentie par les disparités d'un relief hostile, ils parvinrent sur des pentes de plus en plus rudes qui côtoyaient les abords d'une forêt peuplée de grands arbres d'une essence inconnue. Ceux qui avaient survolé la région se souvenaient de l'immensité de cette zone boisée qui marquait la transition entre les terres basses et la haute montagne. Ne pouvant pénétrer dans les fourrés avec leur véhicule, les visiteurs prirent alors la direction du nord tout en suivant la frontière naturelle entre les bois et la prairie.

Ils firent une halte dans un espace borné, d'un côté, par une haute falaise, et de l'autre, par un ruisseau qui écoulait les eaux froides de la fonte des neiges. A cet endroit, la forêt avait laissé la place à une avancée rocheuse massive. Ils en avaient profité pour se restaurer et pour faire des prélèvements de cette eau qui semblait d'une pureté absolue. Bryan King décida de se dégourdir les jambes et disparut dans les fourrés en suivant les méandres du ruisseau.

Quelques minutes plus tard, on le vit revenir précipitamment l'air tout excité :

— Venez voir ! les amis, venez voir ! criait-il.

Tomasz Swacha, qui avait déjà la main sur la crosse de son arme laser, et les autres se demandaient ce qui arrivait.

— Que se passe-t-il ? demanda Madison Cox.

La mission Mayflower

— Prenez vos torches électriques, et vos appareils photo ! prévint Bryan King en fouillant dans le tout-terrain pour y prendre une grosse lampe. Et suivez-moi !

— On ne peut pas quitter le campement tous en même temps, objecta Tomasz Swacha. Yveleen, voulez-vous nous attendre ici ?

— Certainement, accepta de bonne grâce la biologiste.

Le géologue et l'anthropologue s'équipèrent de lampes torches et suivirent le botaniste qui les conduisit deux cent mètres plus loin devant l'immense falaise qui rejoignait le cours du ruisseau. Là, ils découvrirent plusieurs entrées de grottes qui s'enfonçaient à l'intérieur de la roche dans une épaisse obscurité.

— C'est par là ! dit Bryan King en montrant l'une d'entre elles.

Et, suivi des deux autres, toutes lampes allumées, le botaniste s'engagea dans la noirceur de l'orifice. Aussitôt, les trois terriens découvrirent une immense salle avec de multiples galeries partant dans toutes les directions, laissant supposer l'existence d'un réseau souterrain très dense. Mais, immédiatement, ils furent frappés par la beauté et la richesse de grandes fresques, à même les murs de la grotte, montrant de magnifiques peintures rupestres naïves et colorées.

Ils restèrent stupéfaits, durant de longues minutes, bouche bée, devant le spectacle offert. Ils contemplaient les dessins d'animaux qu'ils ne reconnaissaient pas, mais dont la ressemblance avec certaines espèces animales terrestres connues leur vint spontanément à l'esprit. Des reproductions de « rhinocérotidés » comme le rhinocéros, de « bovidés » comme l'auroch, de « cervidés » comme le mégacéros et « d'équidés » comme le zèbre, ainsi que beaucoup d'autres espèces, peuplaient les murs de la caverne. Ils poussèrent leurs investigations un peu plus loin pour constater que les œuvres picturales couvraient une grande partie de la caverne.

Puis, un peu plus loin, les galeries se rétrécissaient pour laisser place à une exceptionnelle variété de formations cristallines, prouvant ainsi que les cavités avaient permis l'écoulement et l'évaporation des eaux.

La mission Mayflower

Le décor était hallucinant, avec des concrétions classiques telles que les stalactites et les stalagmites, mais également des « fleurs de pierre », formées d'aragonites, ou bien les cristaux de calcite, ainsi que les « perles des cavernes ».

— Cette grotte contient un trésor pour les spéléologues, s'exclama Tomasz Swacha le géologue. Mais, c'est peut-être encore plus excitant pour l'anthropologue que vous êtes, Madison, n'est-ce pas ?

— Oui, je suis littéralement fascinée … répondit Madison Cox dans un souffle, le regard rivé sur les peintures.

— Il semblerait que nous ne sommes pas la seule intelligence sur cette planète … commenta Bryan King.

— Cela ressemble étrangement aux premiers pas de l'homo sapiens sur notre Terre, ajouta Madison Cox, les premières manifestations de son art, en tout cas.

— Oui, affirma le géologue, cela rappelle ce que l'on trouvait dans la grotte de Lascaux, si je me souviens bien …

— C'est bien ça, confirma Madison Cox, le site archéologique de Lascaux que j'ai eu le loisir d'étudier. Mais, je pense que cette découverte intéressera Matt Simmons, l'un de nos archéologues, qui est un véritable spécialiste.

— Prenons des photos, déclara Tomasz Swacha, nous lui montrerons tout cela en arrivant et lui demanderons ce qu'il en pense.

VI - RACK

Rack était caché derrière un énorme rocher et observait, depuis plusieurs minutes, la progression de ces créatures étranges qui s'approchaient de son territoire. Il en avait identifié trois, mais restait sur ses gardes en guettant pour vérifier si d'autres, encore plus étranges, allaient se manifester. En tête, il y avait ce petit personnage qui avançait d'une allure hésitante, avec son torse brillant et lisse qui reflétait des rayons lumineux éblouissants jusqu'à lui faire mal aux yeux. Puis, il avait repéré ce petit insecte qui voletait au-dessus de lui, sans bruit, et qui paraissait inoffensif. Enfin, il avait bien remarqué une sorte de grosse boîte qui roulait sur les pentes abruptes du massif.

Rack ne les avait jamais vus auparavant. Il se demandait d'où est-ce qu'ils sortaient et ce qu'ils venaient faire sur ses terres de chasse. Il considérait que ce sol était sa propriété et qu'il ne laisserait personne venir le lui contester. Il n'avait pas permis aux *Otöbos*, cette race envahissante et belliqueuse, de s'installer sur le territoire où sa tribu vivait depuis plusieurs générations et il les avait combattu jusqu'à ce qu'ils renoncent et s'en aillent ailleurs. Et, il était bien décidé à faire de même à l'approche de ces étrangers ...

Il ignorait quelle menace ils représentaient et, un instant, il avait songé faire appel à d'autres membres de sa tribu, comme Tomor, Göskh ou bien encore Babok ... Mais, il était le chef des *Krogs* et, à ce titre, il ne voulait pas que l'on puisse penser qu'il avait eu peur ou bien qu'il n'avait pas osé affronter l'ennemi tout seul ... Et puis, avec sa « *jifna* », grosse pièce de silex solidement attachée au bout d'un manche en bois, il ne craignait rien ni personne. Avec elle, il avait eu raison des terribles « *higors* », une espèce animale de la famille des rhinocérotidés, et de bien d'autres animaux sauvages encore qui rôdaient sur ses terres. Le prédateur du haut de la pyramide, c'était lui ! Et personne ne pourrait l'intimider ...

La mission Mayflower

A présent, les envahisseurs étaient tout près de lui, alors, n'écoutant que son envie d'en découdre, Rack se rua sur le premier d'entre eux, celui qui ouvrait la voie, et, à la vitesse de l'éclair, le percuta avec l'épaule. La créature, touchée de plein fouet, se retrouva au sol trois mètres en arrière, tandis que le *Krog* revenait sur lui pour l'achever avec sa *jifna*. A l'instant où Rack levait son arme au-dessus de la tête pour l'asséner, il vit arriver la créature roulante et il distingua nettement un rayon lumineux qui s'en échappa. Soudain, il ressentit un choc violent dans la poitrine qui le projeta au sol et il dut lâcher son arme tant la douleur était insoutenable. Il sentit ses forces l'abandonner et il avait beaucoup de mal à se remettre debout pour continuer le combat.

Il choisit alors de battre en retraite. Ramassant sa *jifna*, il réussit péniblement à se lever et à courir en direction des fourrés. Il n'avait toujours pas compris ce qui lui était arrivé lorsqu'il se réfugia, toujours à vive allure, dans la forêt toute proche …

La mission Mayflower

Les quatre explorateurs étaient revenus dans l'enceinte de la cité et ils avaient souhaité être entendus par le maire et ses assistants, car ils avaient des révélations importantes à faire. Walter Rosen, le maire, avait donc réuni Horatio Mercadal, le responsable de la sécurité, Juan Carlos Ortiz, chargé du développement de la cité, Lexie Graham, l'ingénieure agronome, les quatre explorateurs ainsi que Matt Simmons, un archéologue réputé, à la demande de Tomasz Swacha.

Sans tarder, le maire invita le géologue à présenter les résultats de l'exploration de trois jours dans les environs proches de la ville. Celui-ci se leva pour être vu et entendu de tous, car la pièce était exiguë, étant donné qu'ils se réunissaient dans le bureau du maire :

— Mes amis, dit-il, notre excursion a été riche en rebondissements, mais, en tout premier lieu, je dois vous dire que nous avons vu des paysages magnifiques, en particulier sur la côte au sud de la ville. *Esperanza* est une planète qui semble très agréable à visiter.

Après avoir manipulé la télécommande, il projeta quelques clichés de la côte rocailleuse, des iles proches boisées et de l'océan d'un vert émeraude profond.

— Pourtant, l'essentiel de notre voyage de trois jours n'est pas là, déclara-t-il avec un grand sourire, nous avons découvert des choses encore plus intéressantes … Et, pour que vous puissiez en juger par vous-même, ajouta-t-il après un court silence permettant de ménager le suspense, le mieux est d'en prendre connaissance en images …

Joignant le geste à la parole, après avoir manipulé la télécommande, le géologue enchaîna directement sur les photos prises dans la grotte, projetées en 3D holographique. La petite assemblée découvrit alors les dessins d'animaux inconnus, mais dont les formes rappelaient quelques espèces présentes sur Terre. Ils étaient stupéfaits de voir ces images rupestres d'une naïveté déroutante, mais, qui attestaient de l'existence d'une intelligence développée.

La mission Mayflower

> — Cela rappelle la grotte de Lascaux, déclara Matt Simmons, l'archéologue, confirmant ainsi l'impression des quatre voyageurs.

Matt Simmons était un homme de corpulence moyenne, d'un âge avancé mais encore alerte car il déambulait d'un pas agile. Il avait un visage plutôt ingrat qu'il tentait de dissimuler derrière une barbe fournie et grisonnante. Ses grands yeux ronds exprimaient un regard brillant, souligné par un sourire discret.

Puis, les images montraient le décor magnifique, avec toutes les variétés de concrétions cristallines dans les galeries qui s'enfonçaient sous la montagne.

> — Quelle merveille ! s'exclama Lexie Graham.

> — Oui, n'est-ce pas ? approuva le géologue, c'est Bryan qui a trouvé cette grotte.

> — Cela prouve que nous ne sommes pas seuls sur cette planète, affirma Walter Rosen. Peut-être allons-nous devoir composer avec eux …

> — Composer avec eux ? répéta Tomasz Swacha avec un large sourire. Attendez de voir la suite …

La suite fut d'abord la projection de l'enregistrement des images perçues par le robot, victime de l'agression de la part d'un être inconnu et surprenant. On voyait la voie suivie par l'androïde AIX-5 qui avançait lentement sur une pente assez raide, lorsque, soudain, un hominidé de taille gigantesque surgit devant lui, sorti de nulle part, et le percuta violemment. Projeté en arrière, la vision du robot, allongé sur le sol, était fixée à présent sur le ciel, prouvant ainsi qu'il avait été déséquilibré par la charge de l'individu. Un court instant, la créature réapparut dans son champ de vision, brandissant une énorme massue de fabrication artisanale au-dessus de sa tête, avant de disparaître à nouveau.

Les images s'enchaînèrent aussitôt, sans laisser le temps à l'assemblée de reprendre ses esprits, avec l'enregistrement retransmis depuis le drone qui avait assisté à toute la scène, vue d'en haut. On voyait ainsi

La mission Mayflower

plus nettement le déroulement de la charge de l'énergumène. Sorti de sa cachette derrière les rochers voisins, il s'était jeté comme un fauve sur le robot avec l'intention de le mettre à terre, puis, de le frapper avec son arme redoutable. Mais, le véhicule avec les quatre explorateurs était apparu dans le champ de vision et la décharge d'une arme laser avait touché l'agresseur en pleine poitrine au moment même où il s'apprêtait à donner son coup de massue, l'expédiant au sol à son tour. Ensuite, le sauvage hésita un court instant avant de se relever et filer sans demander son reste.

Tous les membres de la petite assemblée, y compris ceux qui avaient pris part à l'expédition, restaient figés, pantelants devant la séquence des événements, à la fois rapides et brutaux. Ils étaient captivés par l'impressionnant physique de l'individu tout autant que par l'étrangeté de son comportement. C'était un spécimen de type hominidé, imberbe, portant un tissu ou une peau de bête autour de la hanche, doté d'une musculature hypertrophiée et haut de plus de deux mètres cinquante pour un poids d'au moins deux cent kilos.

— Comme vous venez de le voir, commenta le géologue avec un sourire, les autochtones nous ont souhaité la bienvenue, à leur manière …

— Les facultés physiques de cet individu sont hors norme ! s'extasia Matt Simmons. Il a une vague ressemblance avec l'australopithèque qui a peuplé l'Afrique, il y a entre 2 et 4 millions d'années, mais en deux ou trois fois plus volumineux … et aussi avec un cou un peu plus long …

— Ce … spécimen … dégage une incroyable impression de puissance et de félinité à la fois ! observa Tomasz Swacha.

— Oui, confirma Madison Cox, la nature l'a doté de toutes les qualités pour être le prédateur idéal.

— Mais, pourquoi a-t-il réagi de la sorte en nous voyant ? demanda Bryan King.

— Sans doute a-t-il pensé que nous le mettions en danger, lui ou bien ceux qui lui sont proches, répondit l'anthropologue. Sa réaction ressemble à celle de quelqu'un qui veut protéger son bien ou sa famille …

— Pensez-vous, monsieur Simmons, questionna le géologue, qu'il puisse y avoir un lien entre cet individu et les dessins que nous avons trouvés dans la grotte quelque temps auparavant ?

— Je l'ignore, répondit l'archéologue, mais j'en doute. Il faudrait que je dispose d'éléments complémentaires pour en juger …

— De quel genre d'éléments avez-vous besoin ? interrogea le maire Walter Rosen.

— Il faudrait pouvoir étudier le spécimen, précisa Matt Simmons, avec le concours de mademoiselle Cox, afin d'établir son profil psychologique ou, au moins, avoir une idée de son QI, pour vérifier s'il peut être l'auteur de ces œuvres que l'on va qualifier de « préhistoriques » … il serait également utile de procéder à une datation de ces œuvres pour mettre en perspective leur contexte … et puis, faire des recherches dans la grotte pour identifier d'éventuelles traces du mode de vie de ceux qui l'ont peut-être habité … mais je me doute bien que tout cela ne fait pas partie des priorités de notre communauté en ce moment …

— Détrompez-vous, monsieur Simmons, déclara Walter Rosen, il me paraît, au contraire, très important de connaître la population de la planète sur laquelle nous allons devoir vivre. Nous savons, à présent, que nous ne sommes pas seuls, mais je pense qu'il serait utile de savoir à combien de civilisations allons-nous avoir affaire, une ? deux ? ou davantage encore … et, bien évidemment, quel niveau de développement ont-ils atteint ? notre survie en dépend peut-être … ne croyez-vous pas ?

— Je crois que le maire Rosen a raison, renchérit Tomasz Swacha. Les enjeux ne sont pas uniquement la connaissance scientifique, nous ne devons rien ignorer de ces civilisations, surtout si elles font partie de nos contemporains et sont, par là-même, des concurrents potentiels sur cette planète …

La mission Mayflower

— Exactement ! approuva le maire Walter Rosen. D'ailleurs, il nous faut revoir notre plan de sécurisation, car nous n'avions pas imaginé être rapidement en présence d'un danger aussi proche de nous.

— Horatio, ajouta-t-il en se tournant vers le chef de la sécurité, je vous demande de me faire quelques propositions pour nous mettre à l'abri d'une incursion de ce genre d'individus …

— Entendu, monsieur le maire ! approuva Horatio Mercadal, je vais plancher là-dessus !

— Monsieur Simmons, poursuivit Walter Rosen, je réaffirme que la connaissance des différentes races ou espèces qui peuplent *Esperanza* est l'une de nos priorités.

Le maire Walter Rosen avait parlé avec calme mais avec détermination, à la manière du vrai leader qu'il était devenu, exprimant clairement ses souhaits, en oubliant l'attitude empruntée qui avait été la sienne en qualité de capitaine et ex-commandant en second.

— L'objectif est de savoir si nous avons affaire à une ou bien deux civilisations distinctes, poursuivit-il. Est-ce bien clair ? Pour cela, nous allons vous conduire dans cette grotte où vous pourrez faire toutes les analyses que vous voudrez, mais j'attends une réponse de votre part. Cela vous paraît-il une affaire à votre portée ?

— Monsieur le maire, répondit Matt Simmons, je ne suis qu'un simple archéologue, mais, si je peux me permettre un petit conseil … je crois que la réponse à votre question sera de bien meilleure qualité si vous acceptiez que nous travaillions en équipe pluridisciplinaire …

— Je comprends ! déclara aussitôt le maire Walter Rosen, et je pense que vous avez raison. Alors, voilà comment nous allons procéder … Tomasz Swacha prendra le leadership d'une équipe composée de vous-même, assisté des trois autres explorateurs qui commencent à avoir une certaine expérience, Yveleen

La mission Mayflower

Carson, Madison Cox et Bryan King. Horatio Mercadal assurera la logistique dont vous aurez besoin. Ai-je oublié quelqu'un ou quelque chose ?

— Si vous permettez, monsieur le maire, insista l'archéologue, je pense que la présence d'un paléontologue serait également bienvenue, et je sais que monsieur Jim Howard, le doyen d'entre nous, est un maître de cette discipline …

— Soit ! c'est d'accord ! trancha aussitôt le maire Rosen, s'il accepte bien sûr.

— Je suis à la fois étonné et agréablement surpris, observa Matt Simmons, de constater que l'archéologie ou bien la paléontologie deviennent soudain des sciences importantes dans notre nouveau monde et j'en suis ravi. Lorsque j'ai pris cette orientation dans mes études, qui est aussi une passion pour moi, jamais je n'ai imaginé une seule seconde que nous pourrions, aussi rapidement, apporter une contribution aussi utile que concrète à notre communauté !

— Nul ne peut savoir à l'avance ce qui va être utile, voire essentiel, observa le maire Rosen. C'est la raison pour laquelle, il a toujours été proposé à nos étudiants une multitude de filières, afin d'entretenir les connaissances d'un maximum de disciplines, aussi bien dans les domaines scientifiques, biotechnologiques, économiques, agricoles, et autres sciences sociales dont l'intérêt n'apparaissait pas toujours comme évident … Nous disposons également de formidables banques de données du savoir, accumulées durant des millénaires sur Terre … Le défi que nous devons relever, c'est de parvenir à conserver tous ces savoirs pour éviter de sombrer dans une longue période de barbarie …

VII -   LA GROTTE

La petite équipe, sous la responsabilité de Tomasz Swacha, avait repris la route en direction de la falaise qui abritait les grottes. Comme préconisé par le maire Rosen, le géologue avait pris place dans un véhicule tout-terrain, en compagnie de la biologiste Yveleen Carson, de l'anthropologue Madison Cox et de Matt Simmons, l'archéologue. Un second véhicule, occupé par trois hommes de la sécurité, sous le commandement du lieutenant Steve Baker, escortait la voiture des scientifiques. Bryan King, le botaniste, était resté dans la cité, sa présence n'ayant pas été jugée indispensable pour cette deuxième expédition.

De corpulence moyenne, Steve Baker était âgé d'une quarantaine d'années. Ses yeux saillants, d'un bleu acier, lui conféraient un regard perçant. Il avait le front dégagé sous des cheveux bouclés avec des joues creuses et il arborait une fine moustache. Il portait l'uniforme des effectifs de la sécurité, coiffé d'un chapeau de feutre qui dérogeait à la tenue réglementaire. Il parlait d'une voix agréable avec des gestes posés, mais, paraissait volontaire et déterminé.

Ils avaient étudié l'itinéraire à suivre, en prenant soin d'éviter la zone où ils avaient subi l'attaque de l'énergumène. Ils purent atteindre sans encombre le lieu où le lit du ruisseau et la pointe de la falaise se rejoignaient, tout près des grottes. Par précaution, les hommes de la sécurité étaient passés en tête du convoi afin de faire face, le cas échéant, à tout danger. Selon une vieille technique de combat et sur les instructions de Baker, ils restèrent figés dans leurs véhicules respectifs, durant un long moment, dans le but d'observer les environs et d'écouter les bruits éventuels.

Puis, sur ordre du lieutenant, les trois hommes de la sécurité suivirent leur chef et se déployèrent aux approches de l'entrée de la première

La mission Mayflower

caverne pour progresser très lentement vers l'orifice obscur. Se couvrant mutuellement les uns les autres, les agents de la sécurité investirent la grotte et disparurent à l'intérieur, équipés de leurs puissantes torches électriques. Enfin, quelques minutes plus tard, le lieutenant ressortit et fit signe au second véhicule d'approcher, la voie paraissant libre.

Les quatre autres terriens entrèrent à leur tour dans la grotte où Matt Simmons fit montre alors de son savoir-faire. Equipé d'une lampe frontale et d'une torche électrique, il fit un tour rapide des lieux et se dirigea vers le fond de l'antre où se trouvait un espace qui semblait plus abrité que le reste de la caverne. Il huma longuement l'air et les cloisons de roche qu'il palpa avec une infinie précaution, avant de déclarer :

> — Cet endroit de la grotte a dû être habité, dit-il, car on peut constater qu'il est en retrait des autres galeries, ce qui le rend plus sécure, et il me semble avoir décelé des restes de fumée accrochés encore sur les parois … sans doute l'indice que de nombreux feux ont été allumés par ici …

Il poursuivit ses investigations, avec maestria et promptitude, et il ne lui fallut que peu de temps avant qu'il ne découvre, à même le sol, des restes de squelettes. Sans les déplacer, il prit des photos et fit diverses mesures de leurs dimensions. Ensuite, il distribua leurs rôles à ses trois collègues, de sorte qu'en peu de temps, il fit placer des repères sur le sol permettant d'apprécier les distances. Enfin, il entama une courte procédure qui avait pour but de réaliser une datation des restes, avec son détecteur utilisant la technique du carbone 14.

Matt Simmons entreprit enfin de parcourir la partie de la grotte comportant de nombreux dessins sur les parois et il refit une séance de photos en gros plan, ce que n'avaient pas fait précédemment les explorateurs. Il négligea la partie de la caverne qui contenait de véritables œuvres d'art de cristal laissées par l'infiltration des eaux, au profit des petites galeries qui s'enfonçaient plus loin sous la roche. Mais, il ne trouva pas d'autres traces d'activité des êtres qui avaient habité les lieux, pas plus que d'autres restes de squelettes.

La mission Mayflower

C'est après une longue séquence d'analyses que Steve Baker vint le sortir de ses recherches dans lesquelles il semblait totalement investi.

— Monsieur Simmons, dit le lieutenant, il commence à se faire tard, nous ne devons pas tarder si nous voulons être rentrés avant la nuit. Avez-vous terminé vos travaux ?

— On n'a jamais terminé dans un lieu tel que celui-là, rétorqua l'archéologue, mais, pour aujourd'hui, cela suffira, j'espère que nous pourrons déduire quelques résultats intéressants. Nous pouvons y aller …

La mission Mayflower

Il fallut quelques jours supplémentaires de travail, avant que Matt Simmons, assisté de Jim Howard, le paléontologue, et de Madison Cox, l'anthropologue, ne consente à dévoiler ses conclusions devant le maire et ses adjoints.

L'archéologue avait préparé son exposé avec sérieux, comme si le destin de la colonie en dépendait, et, visiblement, c'est avec beaucoup d'émotion dans la voix qu'il s'exprima lorsque Walter Rosen lui donna la parole :

— Monsieur le maire, dit-il, vous avez sollicité mon avis à propos d'une question concernant les civilisations existant sur la planète *Esperanza*. Cette interrogation faisait suite aux événements révélés par nos amis explorateurs qui ont découvert une grotte couverte de dessins préhistoriques, manifestement habitée par une espèce intelligente. Ils ont fait l'objet, d'autre part, d'une violente attaque de la part d'une espèce d'hominidés extrêmement belliqueuse à proximité de cette même grotte. La question était donc de savoir s'il s'agissait d'une seule et même espèce, ou bien si nous avions affaire à deux espèces différentes …

— C'était bien mon interrogation, confirma Walter Rosen. Nous vous écoutons, monsieur Simmons …

— Eh bien, poursuivit l'archéologue, les analyses et les investigations réalisées sur place nous conduisent à déduire que les deux espèces n'ont aucun lien entre elles, et cela, pour une raison simple qui est d'ordre simplement physiologique …

Et, joignant le geste à la parole, pour étayer ses conclusions, Matt Simmons utilisa une télécommande pour projeter l'image holographique 3D d'un agrandissement de la photo montrant l'énergumène essayant d'asséner un coup de massue sur le robot.

— Comme vous pouvez le constater sur cette image, expliqua-t-il, chez cet individu, on compte seulement quatre doigts boudinés terminant ses membres supérieurs …

La mission Mayflower

Les mains qui tenaient l'arme avaient quatre gros doigts terminés par une griffe puissante.

— Et pour moi, ajouta-t-il, il s'agit d'un handicap rédhibitoire, car j'ai examiné de près les dessins gravés sur les parois de la caverne et la précision des tracés nécessite une dextérité des membres supérieurs qui exclut une main ne comportant que quatre doigts. Essayez donc de dessiner sans le pouce et vous verrez que vous allez être très gêné pour réaliser certains détails de ces dessins …

— C'est la raison pour laquelle, conclut-il, mes amis et moi-même pensons, avec une quasi-certitude, que l'individu agresseur ne fait pas partie de la même race que les auteurs de ces magnifiques œuvres rupestres !

— Bien ! voilà une conclusion importante ! déclara le maire Rosen. Mais, peut-être avez-vous plus de détails à nous donner sur cette espèce qui vivait dans les grottes ?

— Nous avons fait une autre découverte intéressante dans la caverne où se trouvent les dessins, répondit Matt Simmons, une dizaine de squelettes intacts d'individus, gisant à même le sol, dans une zone qui avait manifestement abrité des feux durant une longue période. Ces restes n'ont qu'une cinquantaine d'années. Voici à quoi ils ressemblent …

L'archéologue afficha une seconde image montrant les ossements de corps d'hominidés recroquevillés sur eux-mêmes. Il montra alors l'image suivante qui était celle d'un spécimen dont le squelette était presque entier. Des indications sur les dimensions des ossements ainsi que sur la distance les séparant figuraient sur l'image.

— Comme vous pouvez en juger, enchaîna Matt Simmons, l'individu à qui appartenaient ces ossements était de taille bien inférieure à celle de l'agresseur.

— Ne peut-il pas s'agir de la même espèce que l'agresseur, mais pour des individus plus jeunes ? s'enquit le maire Rosen.

La mission Mayflower

— Non, monsieur, ce ne sont pas les rejetons de ce dernier, affirma l'archéologue d'un air péremptoire, puisque, si vous observez bien les ossements, vous pourrez voir qu'il existe dans le prolongement de leurs vertèbres un appendice caudal, qui n'est pas présent chez l'énergumène … pour faire simple, ce squelette me rappelle celui des babouins ou des macaques, mais avec une queue bien plus courte et une taille bien plus grande …

— Ces singes sont-ils les auteurs des dessins sur les parois de la grotte ? demanda le maire Rosen.

— Je ne le crois pas, non, répondit Matt Simmons, les œuvres picturales sur les parois de la caverne ont près de 20.000 ans, alors que, je vous l'ai dit, ces restes n'ont que quelques dizaines d'années. Et je suis à peu près certain, même si je ne peux pas le prouver, que les traces de fumée sur les murs sont aussi anciennes que les dessins …

— Ce qui signifie, si je vous suis bien, commenta le maire Rosen, qu'il existe une espèce intelligente, celle qui a dessiné sur les murs et qui a habité la grotte il y a 20.000 années, qui est différente à la fois de ces singes trouvés morts et de notre énergumène agresseur ?

— Exactement ! confirma l'archéologue.

— Vous avez indiqué, monsieur Simmons, questionna Horatio Mercadal, le chef de la sécurité, que les squelettes trouvés sur le sol de la grotte étaient intacts, a-t-on une idée de ce qui a causé leur mort ?

— Non, je n'en ai aucune idée, avoua Matt Simmons, tout ce que l'on peut constater, c'est que leur mort n'a pas été provoquée par des coups violents qui auraient endommagé leur squelette. Il semble qu'il s'agisse d'une famille entière qui a été décimée dans un court intervalle de temps, c'est tout ce que l'on peut déduire des restes de leurs corps.

La mission Mayflower

— Voilà qui est intriguant, s'étonna le responsable de la sécurité, si l'énergumène les avait exterminés, on aurait vu des dégâts sur leur squelette, n'est-ce pas ?

— Sans aucun doute, oui, confirma l'archéologue.

— Ce qui est sûr, observa Tomasz Swacha, le géologue, c'est qu'ils ne sont pas morts de froid, étant donné le climat de la planète.

— Ils ont pu succomber avec l'émanation d'un gaz toxique dégagé par leur feu, suggéra Bryan King, le botaniste.

— Cette explication paraît peu vraisemblable, réfuta Horatio Mercadal, on peut supposer qu'ils avaient l'habitude d'utiliser les essences de bois qui conviennent …

— D'autant que rien n'indique, par ailleurs, qu'ils connaissaient le feu, précisa l'archéologue. Il est probable que les traces de fumée sur les murs datent uniquement de l'occupation des lieux par les dessinateurs. Je n'ai pu déterminer si certaines traces de fumée pouvaient également être contemporaines des singes …

— Eh bien, la cause de leur mort restera encore inconnue pour un temps, déclara le maire Rosen, et je pense que notre intérêt doit se focaliser sur cette civilisation mystérieuse qui a créé ces œuvres magnifiques il y a 20.000 ans. Comment peut-on savoir ce qu'ils sont devenus ?

— Monsieur Simmons, intervint à nouveau Horatio Mercadal, vous avez écarté l'idée, pour des raisons physiologiques, me semble-t-il, que l'espèce des énergumènes pourrait être l'auteure des dessins. Mais, ce qui me frappe, à supposer qu'il existe une autre espèce, c'est la proximité géographique entre la grotte des uns et le repaire des autres. A peine quelques dizaines de kilomètres les séparent …

— Est-il absolument exclu, insista-t-il, que l'espèce des énergumènes soit la même que celle qui a réalisé les dessins de la grotte et qu'elle soit ensuite, par le biais de l'évolution naturelle, devenue ce que nous voyons aujourd'hui ?

La mission Mayflower

— Je ne crois pas à cette hypothèse, monsieur Mercadal, objecta Matt Simmons. Si l'on invoque la théorie de l'évolution comme principal facteur de ce que l'on constate aujourd'hui, il est avéré que, dans toute l'histoire de l'évolution des espèces, les modifications sont toujours dans le sens de l'amélioration des chances de survie. Or, ce que vous suggérez, pour cette espèce, c'est qu'il y aurait eu une régression, puisque leur dextérité aurait évolué vers un état moins favorable, donc moins viable, ce qui est, pour moi, contraire à la théorie de l'évolution.

— Bon, enchaîna le maire Rosen, on va suivre l'avis éclairé de monsieur Simmons et considérer que l'espèce créatrice des dessins est devenue aujourd'hui encore plus évoluée que ce qu'elle a été voici 20.000 ans. Si je me souviens bien, cependant, des observations réalisées par Griffin et son équipe avec les satellites, elle n'aurait pas été suffisamment développée pour conquérir l'espace de la planète qui était vierge de toute trace d'exploration.

La petite assemblée semblait perdue dans ses pensées en tentant d'imaginer le sort d'une mystérieuse civilisation.

— Je crois que l'on ne peut éviter de faire un parallèle avec l'histoire de notre propre civilisation, observa Madison Cox, l'anthropologue. 20.000 ans, c'est à peu près le temps qu'il a fallu à l'*homo sapiens* des grottes de Lascaux pour se développer et devenir ce que nous sommes aujourd'hui …

— Elle a raison ! déclara Matt Simmons, si la Loi de l'évolution est identique sur *Esperanza* comme sur Terre, alors, il est possible que cette espèce se soit développée de manière comparable à la nôtre.

— Que voulez-vous dire par « si la Loi de l'évolution est identique … » ? questionna le maire Rosen, je pensais que cette Loi avait un caractère universel … enfin, vous voulez parler de la théorie du darwinisme, qui explique l'évolution biologique des espèces comme le résultat de la combinaison entre la sélection naturelle et la génétique, je suppose …

La mission Mayflower

— Oui, absolument, confirma l'archéologue, on peut penser que c'est une théorie universelle et qu'elle a des chances d'être vraie ici aussi. Mais, de mon point de vue, nous ne connaissons pas suffisamment le contexte sur *Esperanza* pour affirmer qu'il n'existe pas des facteurs inconnus susceptibles de bousculer les conditions naturelles de l'évolution.

— A quoi pensez-vous, plus précisément ? interrogea le maire Rosen.

— Je ne sais pas, répondit Matt Simmons, tout est possible … Imaginez, par exemple, que l'*homo sapiens* ait dû survivre et se développer à l'ère des dinosaures, croyez-vous que les choses auraient été aussi simples ? Nous avons fait seulement quelques pas sur cette terre et nous avons découvert cette espèce d'énergumènes qui est singulièrement taillée pour être un féroce prédateur. Je ne suis pas certain que nous, humains de la préhistoire, serions sortis vainqueurs de l'affrontement avec un ennemi d'une telle puissance …

— Et puis, ajouta l'archéologue d'une voix sereine, nous ignorons ce que serait devenue l'évolution de la race humaine si un astéroïde de grande dimension n'avait pas percuté la Terre pour provoquer la fin des dinosaures !

— Oui, je comprends ce que vous voulez dire … reconnut le maire Rosen. A présent, je souhaite entendre vos avis sur la conduite à tenir maintenant que nous savons ce que vient de nous révéler monsieur Simmons ?

— Je n'ai toujours pas de réponse à ma question, insista soudain Horatio Mercadal. Comment expliquez-vous une telle concentration d'espèces dans un périmètre de quelques kilomètres carrés ? puisque, si j'ai bien compris, on dénombre au moins trois espèces distinctes …

— Quelqu'un a-t-il une explication ? interrogea le maire Rosen.

— On peut supposer, répondit Madison Cox, que cette zone, étant située au confluent de la grande forêt et de la rivière qui charrie

La mission Mayflower

les eaux des sommets montagneux, les prédateurs trouvent plus facilement à chasser le gibier ou bien les animaux qui sortent des bois pour se désaltérer. Cela explique, sans doute, pourquoi, depuis 20.000 ans, les lieux sont fréquentés par les ténors de la chaîne alimentaire, quitte à ce que cela provoque des conflits entre eux ...

— Oui, une fois de plus, je suis en accord avec Madison, argua l'archéologue, il ne faut pas chercher bien loin les motivations des espèces primitives ...

— Soit ! admit le maire Rosen, mais, par la suite certaines de ces espèces ont dû se développer et dépasser le stade primitif pour s'épanouir. Nous en avons d'ailleurs la preuve avec ces œuvres d'art, signes qu'au moins une espèce a trouvé le moyen de s'exprimer autrement qu'en faisant la chasse aux animaux ou bien la guerre avec ses concurrents.

— C'est exact ! reconnut Matt Simmons, on peut même supposer que l'espèce qui a réalisé ces dessins préhistoriques est parvenue à s'affranchir de la vie en sécurité dans les cavernes et à passer aux autres stades de l'évolution ...

— Quels sont-ils ces autres stades ? demanda le maire Rosen.

— La première étape cruciale du développement des sociétés humaines a été la domestication des animaux, expliqua l'archéologue, et elle s'est faite conjointement avec le développement de l'agriculture et de la sédentarisation. Cela a permis l'utilisation des animaux domestiques comme montures, bêtes de somme ou animaux de compagnie, en même temps que le besoin de nourriture a été comblé avec l'élevage ou bien les cultures artificielles. Ce n'est qu'à partir de cet instant que l'organisation et la hiérarchisation de la vie sociale a été rendue possible, avec la création des cités.

— Si je suis votre raisonnement, monsieur Simmons, observa le maire Rosen, il nous faut rechercher des structures importantes de la taille d'une cité pour tenter de localiser les lieux où se cachent les espèces développées de la planète ?

La mission Mayflower

— C'est, en effet mon avis, affirma Matt Simmons, ce serait le signal fort d'un certain développement, mais cela pourrait être aussi un simple regroupement de plusieurs familles, habitant non loin de leurs terres arables et de leurs élevages de bétail. Au passage, c'est ce que nous avons commencé par faire en arrivant ici …

— Quelqu'un a-t-il une idée sur la question ? questionna Walter Rosen.

— J'ai peut-être une piste … déclara l'archéologue, mais, je dois vérifier certaines chose auparavant …

Aucun autre membre de l'assemblée ne se manifesta, signe que tous, devant la difficulté de la question, se rangeaient derrière les faibles espoirs émis par Matt Simmons …

La mission Mayflower

Tomor et Göskh, les deux jeunes guerriers *Krogs*, étaient parvenus au sommet de la colline où ils avaient décidé de passer la nuit, alors que l'on pouvait voir, au loin, le soleil en train de disparaître en plongeant dans l'océan. Ils étaient, tous les deux, depuis plusieurs jours, sur la piste d'un troupeau de « *higors* ». À plusieurs reprises déjà, ils s'étaient rapprochés des animaux, à une distance de lancer de javelot, mais, le vent défavorable avait alerté le troupeau qui avait détalé aussitôt. Ils étaient coutumiers de cette manière de chasser qui les contraignaient fréquemment à parcourir de longues distances, à suivre et à traquer les animaux, des jours durant, avant de pouvoir capturer l'un d'eux.

Comme ils en avaient l'habitude, ils choisissaient, le soir, de se reposer sur les hauteurs, afin de retrouver, plus facilement, la piste du troupeau dès le lendemain matin, en scrutant les alentours. Mais, ce soir-là, leur attention fut attirée par d'étranges lueurs dans le lointain. Ils étaient fortement intrigués car, même s'ils se trouvaient à une très grande distance de leur territoire, ils connaissaient très bien les lieux pour les fréquenter souvent et ils n'avaient jamais, auparavant, remarqué le phénomène.

Leur curiosité fut attisée au point qu'ils décidèrent d'aller voir de plus près. Au fur et à mesure qu'ils approchaient, ils acquirent la conviction qu'il s'agissait du repaire des étrangers que Rack avait rencontrés. Le chef de la tribu leur avait raconté sa mésaventure et avait mis en garde sur la puissance de ces êtres venus dont on ne sait où …

Tomor et Göskh n'avaient pas besoin de se parler pour communiquer entre eux. Comme tous les *Krogs*, ils étaient télépathes. Pourvu qu'ils ne soient pas trop éloignés, ils avaient la faculté d'émettre des images et des messages subliminaux qu'ils étaient les seuls à pouvoir interpréter. Cela avait l'avantage de partager en silence une stratégie de chasse ou bien de combat, sans que l'on puisse l'intercepter.

Pour l'heure, ils avançaient sans échanger en direction de ces lumières qui devenaient de plus en plus précises avec la tombée de la nuit. Ils avaient parcouru les derniers kilomètres à vive allure, ce qui était chose aisée pour des jeunes *Krogs* qui étaient capables de faire des prouesses physiques bien supérieures. En approchant de leur destination, derrière les lueurs, ils discernaient les contours de grosses boites, disposées les unes sur les autres, dont ils ne percevaient pas l'utilité. A présent, ils étaient si proches qu'ils percevaient des bruits et des odeurs en provenance de ces étranges boites.

Ils étaient poussés par une absolue curiosité et animés d'une confiance aveugle dans leur capacité à faire face à toutes les situations, au point qu'ils en oubliaient même les conseils de Rack et qu'ils progressaient à découvert. Arrivés devant un mur solide qui interdisait l'accès en direction des lumières, ils n'eurent nul besoin de se concerter pour l'escalader, ce qui, pour eux, était un jeu d'enfant. Derrière le mur, se trouvait un fossé rempli d'une eau saumâtre et, après l'avoir franchi d'un bond, ils étaient face à une multitude de petites lumières de couleur rouge, espacées les unes des autres d'une dizaine de mètres.

N'écoutant que son envie obsessionnelle de s'emparer de cette étrange lumière, Tomor tendit une main vers l'objet brillant et, soudain, avant d'avoir compris ce qui lui arrivait, il fut frappé par une violente décharge électrique qui le projeta, avec une gerbe d'étincelles, plusieurs mètres en arrière, directement dans le fossé nauséabond. Göskh poussa un cri de stupeur et se précipita vers son compère, pour l'aider à sortir de la mare d'eau. A cet instant, ils entendirent un bruit de sirène strident et assourdissant, en même temps que la lumière jaillit pour illuminer la scène burlesque, ce qui suffit à rajouter de l'angoisse à leur panique.

Tomor, à moitié étourdi, parvint à se lever avec l'aide de Göskh et à courir le plus vite possible pour se mettre à l'abri. Les deux compères disparurent promptement dans l'obscurité de la nuit sans lune ...

VIII -   L'ÉPIDÉMIE

Horatio Mercadal, le chef de la sécurité, entra avec la mine des mauvais jours dans le bureau du maire Rosen et, sans attendre, exposa la raison de sa visite :

> — Monsieur le maire, dit-il, je suppose que vous avez déjà appris ce qui s'est passé hier soir ?

> — J'ai entendu hurler les sirènes, comme tout le monde, répliqua le maire Rosen, mais, j'ignore encore les détails de cette affaire ... j'attends vos explications ...

Horatio Mercadal posa un petit écran devant Walter Rosen et appuya sur le bouton qui lançait l'enregistrement vidéo. La caméra avait filmé la nuit noire puis, soudain, le flash avait jailli pour faire apparaître les deux créatures, proches de la clôture, avec de grands yeux exorbités et rougis par la violente lumière. L'une d'entre elles semblait mal en point, entourée d'un halo vert, signifiant que l'énergie électrique lui traversait le corps, tandis que l'autre assistait à la scène, à la fois hagard et incrédule. Puis, à nouveau le noir, et quelques bruits d'eau qui clapotait, laissant supposer que les deux assaillants prenaient la fuite en pataugeant dans le fossé.

> — C'est ahurissant ! s'exclama le maire Rosen, maintenant ces individus sont à nos portes et n'hésitent pas à nous attaquer !

> — Oui ! confirma le chef de la sécurité, et la décharge électrique était phénoménale ! le générateur de la clôture en a même disjoncté ... l'australopithèque a pris une charge qui aurait tué un cheval !

> — Je vous avais demandé d'imaginer une protection contre ces énergumènes, rappela le maire Rosen, que ce serait-il passé si ces assaillants avaient été une horde ? si le générateur a

disjoncté, cela signifie que nous n'avions plus de protection, n'est-ce-pas ?

— Oui, monsieur, c'est exact ! affirma Horatio Mercadal, mais, jamais, je n'aurais pu croire que ces forcenés avaient une telle résistance … et, nous n'avons aucune idée de leur nombre dans les parages …

— Je ne vous le fais pas dire, déplora le maire Rosen. Alors, Horatio, je vous le dis une nouvelle fois, mais je ne le répèterai pas, trouvez-moi un moyen efficace pour contenir ces excités, sinon …

— Très bien, monsieur, je vais employer les grands moyens, déclara le chef de la sécurité.

— C'est-à-dire ? interrogea le premier magistrat de la ville.

— Nous allons disposer des détecteurs de mouvements tout le long de la palissade et nous allons installer des canons laser automates, expliqua Horatio Mercadal. Dès que l'un des détecteurs signale un mouvement, les projecteurs s'allument et, sur ordre, les canons sont mis en œuvre sans préavis !

— Cela suppose donc des hommes de quart pour commander les canons ? questionna le maire Rosen.

— Oui, monsieur, admit le chef de la sécurité, rendre totalement automatique la riposte des canons serait bien trop dangereux … imaginez qu'il s'agisse de gens de chez nous …

— Oui, bien sûr, reconnut le maire Rosen. Allez-y ! sécurisez la clôture …

— Mais, monsieur, il y a une condition tout de même … avança Horatio Mercadal.

— Laquelle ? demanda Walter Rosen.

— Il faut renforcer le corps des agents de sécurité, répondit le chef de la sécurité, je n'ai pas l'effectif suffisant pour organiser une permanence 24/24 …

La mission Mayflower

— Je vois que les revendications restent toujours les mêmes, railla le maire Rosen, aussi bien ici qu'ailleurs, n'est-ce pas, Horatio ? mais, bon, nous n'avons pas le choix … c'est d'accord, prenez les gens qu'il vous faut et sécurisez la cité ! Horatio, vous avez la tête sur le billot !

La mission Mayflower

Le maire Walter Rosen avait, de prime abord, dédaigné le conseil que lui avait donné l'ex-commandant Effenberg, le lendemain de son élection, à savoir, s'intéresser aux documents officiels du *Mayflower*, le journal de bord du navire et le « Manuel du commandement ». Pourtant, plus récemment, il avait pris conscience de la valeur de ces « deux pièces du patrimoine », comme les avait qualifiées Konrad Effenberg, une fois redevenu simple citoyen.

Walter Rosen avait pris l'habitude de feuilleter le journal de bord dans lequel il avait trouvé de savoureuses histoires qui feraient, plus tard, la joie des historiens. Outre l'anecdote de la mutinerie, qui avait coûté la vie à deux colons rebelles, il prit plaisir à lire le récit du commandant Wilson Davies, le prédécesseur d'Effenberg, qui avait dû faire face à une avarie de niveau 1, catégorie la plus sérieuse dans la classification des incidents répertoriés. En effet, une météorite de grosse dimension avait percuté le *Mayflower* et provoqué une brèche béante dans la coque pourtant solide et conçue pour résister à ce type de collision.

Ce genre de problème était évoqué dans le « Manuel du commandement », avec la méthode à suivre pour tenter de maîtriser la situation, encore fallait-il avoir les réflexes rapides, car le temps de réaction était compté. Le manuel préconisait des choses simples, mais utiles, qui avaient été envisagées dès la conception du navire. Le vaisseau était compartimenté en sections étanches, prévues pour isoler la partie endommagée et permettre la sauvegarde des zones non touchées.

Fort heureusement, le commandant Wilson Davies avait lu les conseils avant même que l'accident ne survienne et avait su réagir comme il se devait dans un délai très bref. Les équipes d'intervention d'urgence avaient isolé la section où l'on pouvait voir, sur les enregistrements vidéo, un trou béant donnant sur le vide de l'espace intersidéral. Puis, les équipes de mécaniciens, en combinaisons spatiales, avaient procédé à la réparation de la coque et la zone avait été remise sous pression normale seulement quinze jours après la collision ... et tout était rentré dans l'ordre ... mais, quatre colons avaient trouvé la mort, aspirés dans l'espace intersidéral par le trou de la coque et le vide créé par la dépression au moment de l'impact.

La mission Mayflower

Walter Rosen se demandait, dans l'hypothèse où une telle mésaventure lui était arrivée, s'il aurait été capable de la même prouesse que celle réalisée par Davies, et cela l'avait incité à lire ces précieux documents. Car, à présent, c'était lui, et lui seul, qui avait en charge la responsabilité ultime de protéger la colonie de toutes les menaces éventuelles …

Le premier maire de la cité de « Mayflower » se rendait compte que ces problèmes pouvaient être multiples et variées. Certes, il y avait les dangers bien visibles qui étaient aisément identifiables, mais, il y avait aussi des menaces qui n'apparaissaient pas de manière évidente. Un exemple précis l'avait particulièrement marqué, qui concernait, aussi étrange que cela puisse paraître, la santé dentaire des colons.

En effet, parce qu'il était impossible de stocker, dans le vaisseau, le volume de nourriture nécessaire pour tout le voyage, les colons absorbaient leurs aliments essentiellement sous la forme de comprimés ou bien de sachets solubles. Une partie de leur consommation était assurée par une unité de production industrielle qui transformait les denrées brutes issues de l'activité agricole réalisée à bord sur une superficie prévue pour cela, le reste étant puisé dans les réserves embarquées.

Pour cette raison d'ordre pratique, l'usage des dents des passagers avait été singulièrement réduit durant tout le voyage et le métier de dentiste, entre autres, très peu sollicité, avait été délaissé au point de quasiment disparaître. Mais, le « Manuel du commandement » recommandait avec instance qu'il serait sans doute, un jour, réhabilité, parce que redevenu utile, et qu'il était nécessaire de tout faire pour conserver l'enseignement de cette filière universitaire et encourager le maintien de cette science et des techniques associées. La manuel expliquait en outre, que, « *tôt ou tard, une fois installés sur leur nouvelle planète, soit parce que l'unité de transformation industrielle ne sera plus en état de fonctionner, soit parce que les habitudes alimentaires évolueront, les colons seront amenés à faire de nouveau usage de leurs dents* ». Et donc, par voie de conséquence, la connaissance médicale de cette science, de l'hygiène buccale et la maitrise médicotechnique associée à ces disciplines seraient à nouveau indispensables.

Sur *Esperanza*, au début, les colons avaient continué à consommer la même nourriture que dans le vaisseau. Mais, malgré l'existence de la petite unité de production industrielle, peu à peu, leurs habitudes de consommation des aliments s'étaient transformées, avec l'usage des dents pour manger, et réhabiliter pleinement le métier de dentiste qui avait failli disparaître.

Walter Rosen avait donc pu constater, concrètement, que cette évolution avait été prévue par les concepteurs du projet *Mayflower* et qu'ils avaient alerté sur la nécessité de faire perdurer les connaissances de cette discipline médicale nécessaire pour assurer les soins dentaires …

Il avait eu ainsi la preuve que les conseils donnés dans le « Manuel du commandement » avaient manifestement leur utilité. C'est pourquoi le maire Rosen avait cherché ce qui était préconisé à la rubrique : « *Contact avec les civilisations extraterrestres* », mais il n'y avait pas de conseils directement exploitables. Il était fait simplement mention d'un principe de précaution, qui semblait avoir un caractère universel, rédigé en termes généraux :

« *La diversité des situations pouvant être déclinée à l'infini en fonction du contexte, il est impossible d'anticiper précisément les événements susceptibles de survenir. Cependant, il est fortement conseillé : primo, pour des raisons sanitaires évidentes, d'éviter tout contact, de quelque nature que ce soit, avec les civilisations rencontrées et, à fortiori, d'éviter toute confrontation avec elles. Secundo, de conserver, en toutes circonstances, la sanctuarisation de l'espace interne de la cité, pour éviter toute intrusion d'espèces inconnues ainsi que toutes les contaminations qui pourraient s'y rattacher.* »

Ce furent les seules indications qu'il trouva, qui étaient de l'ordre des principes généraux, et sur lesquelles il se fonda, néanmoins, pour demander au chef de la sécurité de renforcer les défenses aux frontières de la cité. Il comprenait parfaitement que les concepteurs de la mission *Mayflower* n'avaient pas pu envisager toutes les situations pouvant survenir une fois la planète cible atteinte et qu'il fallait faire confiance aux responsables qui auraient le bon sens nécessaire pour gérer la conjoncture … c'est-à-dire lui-même en l'occurrence …

Walter Rosen prenait ainsi lentement conscience qu'il avait endossé une lourde responsabilité en s'engageant à conduire la destinée de la colonie et il commençait à comprendre la décision de l'ex-commandant Effenberg de se retirer des affaires …

En effet, il ne se passait pas un jour sans que le maire Rosen ne soit sollicité pour faire des choix, arbitrer des conflits, ou bien juger de l'opportunité d'accorder ceci et refuser cela … La vie quotidienne d'une ville de cette taille était prenante, pleine d'embûches et de situations plus ou moins critiques, et être aux affaires prenait beaucoup de temps et d'énergie. D'ailleurs, comme le lui avait conseillé l'ex-commandant Effenberg, il s'astreignait désormais à tenir un journal de bord, dans lequel il y annotait toutes les petites anecdotes qui jalonnaient le quotidien de la vie des colons dans la cité. Mais, Walter Rosen ne se doutait pas que les plus grosses difficultés étaient à venir …

La mission Mayflower

Ce jour-là, le maire Rosen recevait un infectiologue du centre médical qui lui avait demandé une audience « dans les plus brefs délais ». Jeff Winter était un homme de grande taille, sec comme un sarment de vigne, avec un visage qui restait impassible en toutes circonstances. En le côtoyant, il était impossible de ne pas remarquer son regard perçant comme celui d'un rapace ainsi que le flegme de son attitude qui tranchait, le plus souvent, avec la pertinence de ses propos.

Jeff Winter entra dans le bureau du maire Rosen, fit un rapide salut de la tête et alla prendre place, avec nonchalance, directement sans y être invité, dans le siège libre réservé aux visiteurs.

— Vous êtes Jeff Winter et vous avez souhaité me voir ? s'enquit le maire Rosen, après avoir salué à son tour.

— Oui, monsieur, répondit l'infectiologue, il fallait que vous soyez au courant de ce qui est en train de se passer dans notre unité médicale …

— De quoi s'agit-il ? demanda Walter Rosen, l'air intrigué.

— Eh bien, monsieur … explicita l'infectiologue, depuis quelques jours, nous assistons à l'émergence d'une pathologie chez les colons dont nous ne comprenons pas le mode de transmission, et pourtant, je crois que l'on peut commencer à parler d'épidémie …

— Une épidémie ? s'étonna le maire Rosen, de quelle nature ?

— Nous en ignorons la nature, monsieur, et c'est bien cela le problème … répondit Jeff Winter, nous constatons les symptômes, mais, comme je viens de vous le dire, nous ne connaissons pas son origine, pas plus que la manière dont elle se propage, et nous sommes totalement démunis en matière de thérapeutique …

— Vous ne savez pas si cette pathologie est d'origine bactérienne, virale, parasitaire ou autres ? questionna le premier magistrat de la ville.

La mission Mayflower

— C'est exactement cela, confirma l'infectiologue, nous ignorons son origine et donc, comment elle se transmet …

— Quels en sont les symptômes ? interrogea le maire Rosen.

— Nous avons constaté de la fièvre, expliqua le médecin, de fortes céphalées, de l'apathie et le plus grave, des arythmies cardiaques et des arythmies ventriculaires qui provoquent des étourdissements pouvant aller jusqu'à la perte de connaissance, avec un risque de mort subite cardiaque. Jusqu'à présent, les traitements que nous avons pratiqués, à base d'antibiotiques et d'antiviraux, se sont avérés totalement inefficaces et l'état de nos patients est en dégradation constante …

— Vous parlez d'épidémie, demanda le maire Rosen, combien de cas avez-vous jusqu'ici ?

— Nous avions 3 cas, jusqu'à hier … déclara Jeff Winter avec une vive émotion dans la voix, mais ce matin, nous sommes devant 7 nouveaux cas, qui viennent d'arriver, et nous enregistrons un premier décès …

— Quoi ? s'exclama Walter Rosen, un premier décès et vous avez 7 autres malades qui se sont présentés aujourd'hui ?

— C'est exactement cela, monsieur, affirma l'infectiologue, c'est la raison pour laquelle je suis venu vous en parler …

Un long silence s'installa dans la pièce, sans doute parce que Walter Rosen ne parvenait pas à digérer les paroles du médecin et qu'il ne savait pas comment réagir face à ce nouveau danger … Puis, reprenant lentement ses esprits, Walter Rosen leva les yeux pour croiser le regard acéré de l'infectiologue :

— Que comptez-vous faire, à présent ? demanda-t-il d'une voix tremblante.

— C'est précisément la question que je suis venu vous poser, répliqua impitoyablement Jeff Winter. Nous, médecins, avons bien quelques éléments de réponse devant l'urgence de la situation, mais, à plus long terme, c'est une réponse politique dont nous aurons besoin … et cela, il n'y a que vous vous qui pouvez en décider …

— Que préconisez-vous à court terme, déjà ? interrogea le maire Rosen.

— La première chose à faire, monsieur, répondit l'infectiologue, c'est réhabiliter le port généralisé de la combinaison spatiale de survie …

— La combinaison ? répéta avec stupeur le premier magistrat, vous voulez dire la combi avec le masque que l'on porte en milieu hostile ?

— Oui, monsieur, approuva le médecin, la combi qui nous protège en milieu hostile … et, nous sommes en plein dans un milieu hostile ! n'est-ce pas ?

— Mais, je ne sais pas si l'on peut envisager de ressortir les vieilles combinaisons qui ont servi durant le voyage, objecta le maire Rosen, il est probable que la plupart des colons les ont remisées on ne sait où …

— Tant pis pour ceux qui ont été négligents, rétorqua Jeff Winter, ils seront plus démunis que les autres devant le risque d'infection. Il n'a jamais été donné la consigne de se débarrasser de cette protection élémentaire, n'est-ce pas, monsieur le maire ?

— Non, en effet, reconnut le premier magistrat, mais, après tout ce temps d'inutilité, on ne peut blâmer ceux qui ont pensé que cela ne servait plus à rien de les conserver en état de fonctionner.

— Ainsi va la vie ! observa le médecin, je crois qu'il nous reste quelques exemplaires précieusement conservés dans l'unité médicale, réservés, en principe, aux praticiens médicaux dans l'exercice de leur profession. Si vous avez perdu la vôtre, monsieur le maire, nous pourrons vous en fournir une …

— Non, merci, monsieur Winter, déclara fièrement le maire Rosen, j'ai gardé la mienne en état de fonctionner …

La mission Mayflower

— Bravo, alors ! applaudit l'infectiologue, on pourra dire que vous avez donné l'exemple à suivre …

— Avez-vous d'autres préconisations à proposer face à ce nouveau fléau ? demanda le premier magistrat sans relever les compliments du médecin.

— Nous pensons qu'il est plus prudent de revenir à une alimentation stérilisée, répondit le praticien, les bonnes vieilles capsules et autres sachets solubles sortant aseptisés de l'unité de production industrielle, comme au bon vieux temps du *Mayflower*. Nous écarterons ainsi une éventuelle cause de contamination par l'alimentation …

— Très bien, approuva le maire Rosen, autre chose ?

— Oui, répondit Jeff Winter, il est absolument nécessaire d'augmenter de toute urgence notre capacité d'accueil hospitalière, car nous anticipons une hausse rapide des cas d'infection dans les jours à venir. Vous le savez peut-être, nous disposons, actuellement, d'à peine 30 places d'hospitalisation dans notre hôpital, ce qui était largement suffisant, jusqu'à aujourd'hui, pour soigner les personnes qui avaient besoin d'une assistance médicale. Mais, si l'épidémie prend les proportions que nous redoutons, cela ne suffira pas pour répondre aux besoins de l'urgence …

— Je suis prêt à signer tous les documents officiels nécessaires pour mobiliser tous les moyens disponibles, déclara sans hésiter le maire Rosen. De quoi avez-vous besoin ?

— Après en avoir discuté entre nous, précisa le médecin, nous souhaitons réquisitionner les deux salles de sport couvertes, anciennement les barges 5 et 6, pour en faire des annexes de l'hôpital et y installer 60 places supplémentaires. Nous avons le matériel pour le faire, mais, nous manquons de main d'œuvre spécialisée pour être totalement opérationnel …

— Que vous allez prendre où ? demanda le premier magistrat.

La mission Mayflower

— Il est nécessaire de lancer un appel à tous les colons, dit Jeff Winter, pour que tous ceux qui ont des bribes de connaissance médicale puissent venir nous aider … nous savons que beaucoup d'entre eux ont conservé les rudiments de l'enseignement de la discipline médicale qui leur a été donné durant leur scolarité … et que d'autres ont commencé des études de médecine pour les abandonner en cours de route … tous ceux-là nous intéressent …

— Très bien, assura le maire Rosen, nous allons lancer un appel … mais, ce ne sont que des mesures transitoires, vous l'avez dit vous-même … que va-t-il se passer ensuite, si nous ne parvenons pas à endiguer cette épidémie ?

— C'est une bonne question, monsieur le maire, déclara Jeff Winter circonspect, mais je n'ai pas la réponse …

IX - JEFF WINTER

De jour en jour, l'épidémie prenait de l'ampleur malgré les mesures décidées avec la bénédiction du corps médical. Chaque jour, de nouveaux cas de personnes contaminées venaient s'ajouter à une liste déjà longue et le nombre de décès gonflait avec le temps, car aucun des patients n'avait jusque-là échappé à l'issue fatale. Le maire Walter Rosen était totalement démuni devant la tragédie qui se jouait sous ses yeux.

Il avait bien consulté le « Manuel du commandement », sous toutes les coutures, et au chapitre : « *Dispositions à prendre en cas d'épidémie* », il n'avait rien trouvé qui soit de nature à l'aider. Il y était simplement rappelé ce que sont les maladies infectieuses, causées par des microorganismes pathogènes, et leurs principaux modes de transmission. Il était également décrit les diverses manières de se protéger de leur propagation et de prévenir la maladie, depuis les précautions élémentaires telles que le lavage des mains jusqu'aux vaccins lorsqu'ils existent. Il était aussi précisé les principaux traitements contre ce type d'affection, mais, c'était en supposant que la pathologie ait été préalablement identifiée ... ce qui n'était toujours pas le cas ...

Le seul conseil qui semblait correspondre à la situation vécue par la colonie était le suivant : « *En cas d'épidémie incontrôlée, ne pas hésiter à éloigner les colons sains pour les installer en un lieu distinct et décontaminé ...* ». Pour Walter Rosen, prendre une telle décision revenait à provoquer une scission et à condamner les chances de survie des deux groupes, sans garantie de pouvoir neutraliser l'épidémie.

Ne sachant plus très bien comment gérer la situation, le maire Rosen avait réuni une cellule de crise composée de ses trois adjoints, Horatio

La mission Mayflower

Mercadal, Juan Carlos Ortiz et Lexie Graham, auxquels s'étaient joints Tomasz Swacha, Yveleen Carson, Quoc Nguyen, le psychiatre et Jeff Winter, l'infectiologue.

— Docteur Winter, commença le maire Rosen d'une voix caverneuse, voulez-vous faire le point actualisé de la situation ?

— Certainement, monsieur, accepta le praticien. Il y a deux mois environ, nous avons constaté l'émergence, puis l'évolution rapide, d'une étrange maladie qui touche un grand nombre de colons. Malgré nos multiples recherches actives, nous n'avons pas été capables, jusqu'ici, d'identifier la cause de cette affection. Cette pathologie présente des symptômes divers qui vont depuis le simple mal de tête jusqu'à la perte de connaissance, mais qui, pour les cas les plus graves, se traduit par la survenue d'arythmies ventriculaires, entraînant, hélas, le plus souvent, la mort …

— Grâce à l'effort de tous, continua le praticien, nous avons pu augmenter sensiblement nos capacités hospitalières pour nous permettre d'accueillir désormais près d'une centaine de patients. Bien évidemment, même en l'absence d'agent pathogène dûment identifié, nous avons tenté toutes les thérapies à notre disposition contre les maladies infectieuses, mais sans succès …

— Aujourd'hui, ajouta Jeff Winter, nous déplorons régulièrement plusieurs morts par jour et l'épidémie continue de sévir avec de nombreux nouveaux cas. Je vois, autour de moi, que vous êtes tous de bons élèves, puisque vous portez, comme nous l'avons recommandé, la combinaison de survie, utile d'ordinaire en milieu spatial hostile. Et vous avez raison, car, nous avons remarqué que cette pathologie touche assez peu ceux qui d'entre nous s'astreignent à la porter … voilà, j'en ai terminé … si vous avez des questions …

Le maire Rosen jeta un regard circulaire sur les membres de la petite assemblée et put voir qu'ils étaient nombreux à lever la main pour signaler leur intention de prendre la parole.

La mission Mayflower

— Vous avez signalé que les cas graves entrainant la mort étaient dus à des arythmies cardiaques, si j'ai bien entendu, questionna le maire Rosen, cela signifie-t-il, selon vous, que l'organe qui est à l'origine de la régulation cardiaque est atteint par la maladie ?

— Oui, exactement, confirma l'infectiologue. Le rythme cardiaque est régulé par des impulsions électriques périodiques, émises par un ensemble de cellules, appelé « nœud sinusal », qui est situé au niveau de l'oreillette droite du cœur. Après les autopsies réalisées sur les victimes de cette pathologie, nous avons trouvé, systématiquement, un nœud sinusal endommagé et même parfois très abimé.

— Est-ce la seule cause de la mort de nos concitoyens ? interrogea le maire Rosen.

— Oui, monsieur, affirma Jeff Winter, c'est, en tout cas, jusqu'ici, le résultat de nos observations, mais nous devons rester prudents car nous manquons encore de recul. L'ensemble des autres organes vitaux nous ont paru laissés intacts, alors que l'atteinte du nœud sinusal est la source de la mort de tous ceux que nous avons autopsiés ...

— Il s'agirait donc, insista le maire Rosen, d'une infection qui atteint cet organe et exclusivement celui-ci ?

— Oui, apparemment, c'est bien cela, confirma le praticien, avec sans doute aussi certaines régions du cerveau, les céphalées en attestent. Pourtant, ces lésions sont d'une gravité moindre qui n'entraine pas la mort. Cela nous suggère que la propagation de cette maladie ne se fait pas par l'air ambiant que nous respirons, mais, je le répète, nous ne connaissons toujours pas son agent pathogène. On découvre peu à peu, ce qu'il n'est pas, sans pouvoir jusqu'ici l'identifier ...

Tomasz Swacha leva la main pour signifier qu'il souhaitait intervenir et le maire Rosen lui donna la parole :

— Monsieur Winter, dit-il, Matt Simmons nous a révélé qu'une dizaine d'individus, probablement des singes, ont été retrouvés morts, de mort soudaine, dans la grotte qui contenait les dessins préhistoriques, sans qu'il ait pu déceler aucun acte de violence. Est-il possible que cette tribu d'hominidés nous ressemble à un point tel qu'ils été également victimes de la même infection que nous ?

— Je l'ignore, répondit l'infectiologue, mais, c'est une hypothèse qui ne me surprendrait pas.

— Si l'on en croit les images que nous avons ramenées de notre expédition et celles prises sur la clôture l'autre nuit, poursuivit le géologue, l'espèce de ces énergumènes qui tentent de nous agresser semble, en revanche, ne pas avoir de souci avec cette maladie. Est-il possible que cette espèce soit immunisée contre l'affection qui nous frappe ?

— Je l'ignore également, confessa Jeff Winter, mais si c'est le cas, il pourrait être intéressant d'étudier le pourquoi de cette immunité. Cependant, je ne vois pas, dans l'immédiat, comment nous pourrions envisager une telle analyse ...

— Il suffirait de capturer l'un d'eux, suggéra Tomasz Swacha, et de le mettre à disposition de votre équipe de chercheurs, non ?

L'infectiologue prit un air interrogateur et se tourna en direction du maire Rosen, attendant sans doute de recueillir son avis.

— Mon cher Tomasz, déclara le maire, je trouve que vous allez un peu vite en besogne. Capturer l'un de ces sauvages n'est surement pas chose aisée et prendre de tels risques pour une aventure dont l'issue est aussi incertaine, me paraît, en l'état, fort déraisonnable ...

— Je ne voudrais pas être un oiseau de mauvais augure, monsieur le maire, rétorqua Tomasz Swacha sur un ton amer, mais, si l'opération est, en effet, risquée, il ne me paraît pas prématuré de l'envisager sérieusement, compte-tenu du fait que la situation qui se dégrade, de jour en jour, nous impose de ne pas tarder à trouver un remède, vous ne croyez pas ?

La mission Mayflower

Après l'échange de ces propos, La petite assemblée restait silencieuse et semblait pencher en faveur de l'opinion exprimée par le géologue. Le maire Rosen, visiblement ébranlé par les arguments de Tomasz Swacha, hésitait à donner son aval à ce qu'il considérait comme une entreprise aventureuse :

— Je vais y réfléchir, finit-il par concéder, je dois me faire à cette idée, mais, à priori, elle ne m'emballe pas …

— Monsieur Winter, vous avez dit que le port de la combinaison protégeait un minimum de l'infection, n'est-ce pas ? demanda Lexie Graham après avoir été autorisée à parler. Ne pouvez-vous pas en tirer des conclusions médicales sur la façon dont la pathologie se propage ?

— Hélas, non, madame Graham, affirma l'infectiologue, tout ce que l'on peut déduire de cette observation, c'est que la combinaison stoppe toutes les formes de transmission, mais c'est tout. En revanche, nous avons remarqué que ceux qui ne portent pas le casque de survie sont sujets à des céphalées, mais ce sont les seuls symptômes et la maladie reste sans gravité … dès lors qu'ils portent la combi … peut-être avez-vous, vous-mêmes, éprouvé cela ?

— Oui, en effet, j'ai été, moi-même, sujet à ces troubles, déclara le maire Rosen. Et comment expliquez-vous cela ?

— Cela signifie, sans aucun doute, que le casque complète la protection, répondit le praticien, mais nous ignorons à quel mécanisme précis cela obéit …

— Les céphalées sont la manifestation d'une atteinte cérébrale de la maladie, compléta Quoc Nguyen, le psychiatre, mais nous n'expliquons pas pourquoi elles disparaissent avec le port du masque de survie.

— Il y a quelque chose d'intéressant dans cette particularité, commenta soudain Yveleen Carson. J'ai le sentiment que cela peut donner une clé pour une meilleure compréhension de cette pathologie …

La mission Mayflower

— Si vous avez des pistes de recherche, ne vous privez pas de nous les faire connaître … déclara Jeff Winter sur un ton taquin.

— Non, je n'en ai pas, reconnut la jeune biologiste visiblement vexée, mais si j'ai une illumination, je vous préviendrai …

— Allons, je vous en prie, intervint le maire Rosen en réprouvant la passe d'armes, l'heure n'est pas aux chamailleries. Le conseil préconisé par les documents officiels de la mission *Mayflower*, indique ceci : *En cas d'épidémie incontrôlable, il est nécessaire de déplacer les colons sains en des lieux plus sûrs non contaminés …* qu'en pensez-vous ? Devons-nous abandonner cette région et nous installer ailleurs ?

Le silence de l'ensemble des membres de l'assemblée qui traduisait leur embarras persista un long moment avant que Tomasz Swacha n'intervienne :

— Je ne sais pas qui a pondu cette merveilleuse tirade, dit-il, mais il a oublié de dire comment on doit s'y prendre pour trouver un lieu sûr et non contaminé !

— Absolument, renchérit Jeff Winter, nul ne peut prétendre connaître où se trouve un lieu sûr, étant donné que nous ignorons à quel mal nous avons affaire. Je ne saurais vous conseiller quelle direction il faut prendre …

— C'est bien ce que je pensais, déclara le maire Rosen, ce conseil n'a aucune valeur dans notre cas et partir d'ici pour aller ailleurs ne nous garantirait pas d'être débarrassés de cette épidémie …

La mission Mayflower

Matt Simmons, avait souhaité une entrevue avec Walter Rosen, « dans les meilleurs délais … » selon l'archéologue. Lorsqu'il entra dans le bureau du maire, avec un porte-documents sous le bras, celui-ci tenta de deviner quelle était son humeur, mais le visage de Matt Simmons était resté impassible tandis qu'il s'installait sur le siège face à lui.

— Vous avez demandé à me voir … commença le maire Rosen avec un air de lassitude non dissimulée.

— Oui, monsieur, déclara l'archéologue. Il fallait que je vous mette au courant d'une découverte que nous avons faite et qui mérite que l'on s'y attarde un instant …

— Je vous écoute, dit le premier magistrat.

— Vous vous souvenez, sans doute, entama le visiteur, que nous étions à la recherche de constructions de taille conséquente, qui puissent être l'œuvre de la civilisation qui est l'auteure des dessins préhistoriques trouvés dans la grotte ?

— Je m'en souviens très bien, répondit le maire Rosen, vous avez même indiqué que vous aviez peut-être une idée, si j'ai bonne mémoire …

— C'est exact ! confirma l'archéologue, c'est bien ce que j'ai dit ! Après notre discussion, j'ai chargé l'un des gars de mon équipe de rendre opérationnel un ancien logiciel de recherche de ruines archéologiques qui avait été efficace sur Terre, il y a bien longtemps …

— Un logiciel, dites-vous ? s'étonna le maire Rosen.

— Oui, monsieur, précisa Matt Simmons, ce logiciel avait eu, à son époque, un succès indéniable, car, il avait permis de découvrir, à partir d'images fournies par les satellites, quelques sites archéologiques célèbres, notamment dans des régions désertiques isolées où il était difficile de prospecter avec des moyens traditionnels …

La mission Mayflower

— Nous avons donc fait analyser, continua l'archéologue, les images que nos satellites ont recueillies de la planète *Esperanza* et les résultats obtenus sont plutôt intéressants.

— Qu'avez-vous trouvé ? demanda le maire Rosen avec une pointe d'intérêt dans la voix.

— L'analyse est assez fastidieuse, poursuivit Matt Simmons, et nous avons des résultats seulement pour le continent où nous sommes. Le logiciel a découvert, dans l'hémisphère sud du *Ponant*, une structure qui paraît endommagée, mais dont l'origine ne peut être naturelle. Sa forme rectangulaire, même si, par endroits, elle semble détruite, n'a pas échappé à la sagacité rigoureuse d'un algorithme qui a déjà fait ses preuves, et qui nous certifie que cette structure est l'œuvre d'une intelligence.

— Et où se trouve précisément cette structure rectangulaire ? questionna le maire Rosen.

— C'est bien ça le problème, concéda l'archéologue, elle se trouve à environ 5.000 kms d'ici. Tenez, regardez ...

Il sortit de son porte-documents une carte du continent, comportant deux gros points, et la déposa sur le bureau du maire.

— Nous sommes ici et la forme a été repérée là ! dit-il en montrant l'un des points sur la carte, puis l'autre. Si nous voulons aller voir sur place, il va falloir utiliser un engin rapide. L'une des barges est-elle encore disponible ?

— Hélas, non, répondit le maire Rosen, les barges ne sont plus en état de fonctionner. Elles n'ont pas été entretenues, par manque de matériel, manque de compétence technique et aussi par manque de temps. Cela n'était pas la priorité des ingénieurs, ces derniers mois ...

— Oui, je comprends, admit Matt Simmons, je me doutais bien que nous n'aurions pas une heureuse surprise ...

La mission Mayflower

— Monsieur Simmons, observa le maire Rosen, vous n'ignorez pas les difficultés actuelles auxquelles notre communauté est confrontée, n'est-ce pas ?

— Bien sûr que je ne l'ignore pas, monsieur le maire ! affirma fermement l'archéologue l'air offusqué.

— Alors, une telle expédition pourrait être intéressante en temps normal, ajouta le maire Rosen, mais, elle ne me paraît pas très opportune par les temps qui courent, n'êtes-vous pas de mon avis ?

— Si, monsieur le maire, répondit aussitôt Matt Simmons, je suis … enfin … j'étais de cet avis, jusqu'à ce que Tomasz Swacha m'en fasse changer …

— Vous en avez parlé à Tomasz ? interrogea le maire Rosen.

— Oui, monsieur, affirma l'archéologue, bien sûr que je lui en ai parlé avant de venir vous voir … je l'ai fait, précisément, parce que j'étais de votre avis ! je me disais … en ce moment, s'occuper de vieilles ruines, ça n'est sans doute pas la priorité … et j'hésitais à vous en parler … alors, je m'en suis ouvert à Tomasz … et je ne serais pas là à vous faire perdre votre temps si Tomasz ne m'avait pas convaincu du contraire …

— Et que vous a dit Tomasz pour vous faire changer d'avis ? questionna le maire Rosen, intrigué.

— Il m'a dit, répondit Matt Simmons, qu'en cette période difficile, précisément, il ne fallait surtout pas se priver de toutes les initiatives qui seraient susceptibles d'apporter quelques lumières aux nombreuses questions qui restent sans réponse !

— Comme quoi par exemple ? s'enquit le premier magistrat.

— Comme, par exemple, enchaîna l'archéologue sans hésiter, existe-t-il d'autres civilisations sur cette planète qui ont été confrontées à nos difficultés et qui ont trouvé un antidote ? ou bien : Existe-t-il un autre endroit sur cette planète qui serait à l'abri de cette pathologie ? ou bien encore …

La mission Mayflower

— Ça va, ça va, interrompit le maire Rosen, je reconnais bien là le dynamisme de Tomasz, et son énergie inépuisable … je concède bien volontiers qu'il a raison, qu'il serait sans aucun doute utile de savoir si d'autres peuples ont été confrontés à cette pathologie et si c'est le cas, comment s'en sont-ils sortis ? Peut-être aussi, faut-il déjà commencer à envisager de fuir vers d'autres cieux plus cléments … mais où ?

Un court silence marqua la réflexion dans laquelle le maire Rosen semblait s'être réfugié tandis que l'archéologue se gardait bien d'intervenir.

— Mais sans doute Tomasz pense que faire ces 5.000 kms, ça va être facile ? observa le maire Rosen. Il croit probablement qu'avec une barge, on peut y être en quelques heures, c'est bien ça ?

— Non, pas du tout, monsieur ! objecta Matt Simmons, c'est moi qui lui ai parlé des barges, mais lui pensait qu'elles n'étaient en état de fonctionner …

— Ah bon ? s'étonna le maire Rosen, et quelle est sa solution, alors ?

— Il pense que l'on peut y aller avec un bateau, expliqua l'archéologue, car, comme vous pouvez le constater sur la carte, il est possible de faire 90% de la distance en naviguant depuis la côte, en partant à quelques kilomètres d'ici, et débarquer dans l'hémisphère sud du *Ponant*, à environ 500 kilomètres seulement de la cible …

— Quoi ? un bateau ? s'exclama le maire Rosen, mais, un bateau qu'il sort d'où ?

— Selon Tomasz Swacha, répondit Matt Simmons, il est possible de fabriquer un navire sommaire avec du bois et selon Bryan King, il est possible de le faire avancer en le dotant de deux moteurs de grande puissance qui sont entreposés dans un hangar pas très loin d'ici, et que l'on pourra aisément adapter pour un usage maritime … avec une vitesse moyenne de l'ordre de 30 nœuds, on mettrait à peine une dizaine de jours pour atteindre la côte sud …

— Quoi ? Bryan King s'est mêlé de cette affaire également ? déclara le maire Rosen avec un sourire, c'est un complot ! une mutinerie !

— Oui, monsieur, rétorqua le scientifique, c'est ce que je pense aussi ! ils prétendent même, après avoir étudié la topologie des lieux, une fois sur place, qu'il est nécessaire d'emmener des chevaux et des chiens pour pouvoir progresser dans une nature hostile …

— Ils ont déjà tout prévu ! s'écria le maire Rosen, tout manigancé, même … devrais-je dire …

— Moi, j'étais de votre avis, monsieur le maire, renchérit l'archéologue, mais, ces deux jeunes gens m'ont communiqué leur enthousiasme et m'ont fait changer d'avis …

— Tu parles ! s'exclama le premier magistrat, Simmons, ne me prenez pas pur un idiot, vous faites partie, vous aussi, de cette machination depuis le début !

— Alors, vous êtes d'accord, monsieur le maire ? demanda Matt Simmons avec un grand sourire.

La mission Mayflower

La situation continuant à se dégrader, le maire Rosen avait décidé de convoquer Konrad Effenberg pour lui demander son avis sur les diverses voies possibles à suivre. L'ex-commandant du *Mayflower* avait paru très surpris de cet intérêt soudain de la part de celui qu'il considérait un peu comme son opposant de la première heure. En effet, depuis la nomination du capitaine Rosen pour lui succéder à la fonction suprême sur le *Mayflower*, leur relation n'avait jamais été des plus cordiales, mais, au contraire, empreinte d'une animosité contenue, sans raison précise.

> — Vous avez demandé à me voir ? demanda Konrad Effenberg en entrant dans le bureau exigu du premier magistrat.

> — Oui, monsieur Effenberg, répondit le maire Rosen, je souhaitais recueillir votre avis à propos d'une décision que j'ai beaucoup de mal à prendre en ce moment …

L'ex-commandant s'installa aussi confortablement que possible sur le siège des invités devant le bureau du maire, tout en remarquant intérieurement que Walter Rosen prenait un plaisir non dissimulé à lui donner du « monsieur Effenberg », alors qu'il avait dû, pendant de longues années, respecter son grade qui symbolisait la hiérarchie entre les deux hommes. Aujourd'hui, les choses étaient inversées, sans pour autant que l'ex-commandant n'éprouve un quelconque sentiment d'infériorité.

> — Je vous parlais de cette décision que l'on me presse de prendre, commença le maire voyant que son invité gardait un mutisme circonspect, et qui ne me plaît pas du tout !

> — Si elle ne vous plaît pas, monsieur Rosen, observa Konrad Effenberg, personne ne vous oblige à la prendre, et je ne vois pas ce que je peux faire pour vous …

A son tour, le maire Rosen remarqua que son ex-supérieur ne lui donnait pas du « monsieur le maire », sans doute pour lui signifier que, pour lui, la hiérarchie ne s'était jamais inversée …

> — Je sais que vous n'êtes pas obligé de me venir en aide, déclara le maire Rosen, et même s'il m'en coûte de faire appel à vous pour

quémander un conseil, sachez que je le fais parce que je mets l'intérêt de notre communauté au-dessus de mon égo et de toutes les fiertés mal placées. Et je n'en attends pas moins de votre part …

Dites ainsi, sans détour, les paroles du maire avaient pris de court l'ex-commandant qui devait reconnaître que, dans la même situation, il en aurait sans doute fait de même. Il se souvenait avoir fait appel à la loyauté du maire et à sa responsabilité envers la communauté des colons, lorsqu'il lui avait confié les documents officiels du *Mayflower*, et, à présent, c'était de bonne guerre, il faisait de même …

— Quelle est donc cette décision que l'on vous presse de prendre ? interrogea Konrad Effenberg, montrant ainsi qu'il était prêt à jouer le jeu.

— Vous n'ignorez pas la situation délicate, répondit le maire Rosen, critique même sur le plan médical, à laquelle nous sommes confrontés.

Konrad Effenberg restait silencieux, attendant que le maire développe le sujet qui lui tenait à cœur.

— Certains colons pensent, poursuivit le maire Rosen, que nous devrions capturer l'un des énergumènes qui nous ont agressés, afin d'analyser les raisons de leur immunité face à cette maladie. Qu'en pensez-vous ?

L'ex-commandant haussa les sourcils en signe d'étonnement, puis, il leva les yeux au ciel :

— Quoi ? bondit Konrad Effenberg, comment pouvez-vous envisager sérieusement de capturer l'un de ces sauvages et de le ramener ici, dans la cité, êtes-vous devenu fou ? C'est contraire à tous les principes de base qui s'imposent à nous face à des civilisations inconnues …

— Il s'agit d'une opération que nous pouvons mener en toute sécurité dans le but d'apprendre pourquoi ces satanées bestioles ne semblent pas affectées par cette maladie, expliqua

La mission Mayflower

le maire Rosen. C'est le seul moyen d'espérer avoir une opportunité de comprendre cette saleté de pathologie …

— C'est une pure connerie ! s'exclama l'ex-commandant, exactement ce qu'il ne faut pas faire !

— Oui, je sais, concéda le maire Rosen, j'ai lu les consignes à ce sujet qui sont données dans le « Manuel du commandement », à la rubrique : « *Contact avec les civilisations extraterrestres* », et elles sont rédigées à peu près en ces termes … *il est fortement déconseillé d'avoir tout contact, de quelque nature que ce soit, avec les civilisations extraterrestres* … et aussi quelque chose comme … *il est nécessaire d'éviter toute intrusion d'espèces inconnues ainsi que toutes les contaminations qui s'y rattachent* …

— Eh bien voilà ! observa Konrad Effenberg, vous savez tout ce que vous devez savoir. Alors, pourquoi demander mon avis ?

— Je vous demande ce que vous feriez à ma place ? s'énerva le maire Rosen, est-ce que vous seriez assez légaliste pour ne rien faire, et attendre que tous les colons soient emportés par cette épidémie à laquelle nos médecins ne comprennent rien ?

— N'y a-t-il pas, dans le manuel, interrogea l'ex-commandant, un chapitre consacré aux épidémies ?

— Si, bien sûr ! reconnut le maire Rosen d'une voix qui avait sensiblement grimpé en décibels, et savez-vous quel genre de conseil brillant est le plus approprié à notre situation ? *En cas d'épidémie incontrôlée, ne pas hésiter à éloigner les colons sains pour les installer en un lieu distinct et décontaminé* … En cas d'épidémie incontrôlée, c'est bien notre cas, n'est-ce pas ? Il nous est conseillé de partir ailleurs ! Mais où ? le manuel ne le dit pas … Alors, monsieur Effenberg, je vous le demande à nouveau, que feriez-vous si vous étiez à ma place ?

Konrad Effenberg regarda longuement Walter Rosen en restant silencieux, surpris par le ton vindicatif du maire qui était sur le point de sortir de ses gongs.

La mission Mayflower

— Si j'étais à votre place, mais grâce au ciel, je n'y suis pas, répondit l'ex-commandant d'un ton calme qui tranchait avec l'excitation du maire, je ferai très précisément ce qui est conseillé dans le manuel. Mais, cela suppose qu'il aurait fallu, il y a de nombreux jours déjà, envoyer des explorateurs dans certaines directions pour explorer différentes hypothèses de migration ...

— Croyez-vous sérieusement, interrompit le maire Rosen, qu'il sera aisé de réinstaller la cité ailleurs ? Comment allons-nous transporter tout l'équipement essentiel tel que l'hôpital, l'unité nucléaire de production d'électricité ou bien l'unité de production des conserves ? Les barges ne fonctionnent plus !

— Mais ... monsieur Rosen, répliqua Konrad Effenberg en se levant de son siège pour signifier son intention de partir, vous n'aurez sans doute pas le choix ... si vous n'avez pas encore anticipé l'idée que le déménagement va s'imposer, tôt ou tard, alors vous manquez à tous vos devoirs élémentaires ... parce que, n'importe quel idiot aurait déjà intégré le fait que la situation risque d'exiger une migration vers des terres plus hospitalières !

Walter Rosen n'en croyait pas ses oreilles et il réalisait qu'il n'avait jamais, auparavant, autant haï quelqu'un plus fortement que l'ex-commandant Effenberg à cet instant. Pourtant, à bien y réfléchir, il devait reconnaître que, aussi bien le manuel que son ex-supérieur, avaient sans aucun doute raison ! Si la situation empirait encore, il faudrait, inévitablement, se résoudre à partir, chose qu'il n'avait pas voulu envisager une seule seconde jusqu'à présent, mais qui, désormais, allait devoir être prise au sérieux ...

La mission Mayflower

X - JIM HOWARD

La petite troupe avait pris la direction de l'océan, en suivant le même chemin que lors de la première expédition. Elle était composée de Matt Simmons, l'archéologue, Tomasz Swacha, le géologue, Bryan King, le botaniste, Madison Cox, l'anthropologue, escortés par deux agents de la sécurité placés sous l'autorité du lieutenant Steve Baker.

Pour atteindre leur objectif, ils n'avaient pas hésité à se doter de gros moyens, avec un véhicule tout-terrain chargé de tout le matériel nécessaire, trois robots, six chevaux et trois chiens. Deux des chevaux tractaient un chariot transportant les équipements, la nourriture et la réserve d'eau qui allaient les suivre jusqu'au bout, les quatre autres servant de monture aux futurs aventuriers.

Pour l'heure, leur cible était simplement un point sur une carte, dénommé le « Point alpha », matérialisé par une marque et localisé par ses coordonnées GPS, à une distance d'environ 5.000 kms de la cité. La première phase consistait, tout d'abord, en la construction d'un navire pour traverser l'océan en direction du sud-est. C'est la raison pour laquelle, ils longèrent la côte en direction du nord-ouest pour arriver deux heures plus tard à l'orée de la grande forêt, riche en essences d'arbres de grande taille et avec des troncs bien droits.

Il leur fallut deux jours entiers, avec l'aide de deux robots WB-3, guidés par un androïde de type AIX-5, pour abattre les arbres, débiter les troncs et les transporter, avec le concours des chevaux, jusqu'à la côte où il fut alors possible de les assembler selon un plan rigoureusement étudié. Le résultat fut davantage une embarcation ressemblant à un gros radeau plutôt qu'à un véritable navire, mais, c'était conforme à leur souhait, car plus pratique pour embarquer les chevaux avec le chariot. Ils purent alors fixer les deux gros moteurs à hélice, alimentés

La mission Mayflower

par d'énormes batteries solaires, qui avaient été adaptés pour la circonstance.

Durant toute cette phase de travaux, Bryan King étudiait la flore, Madison Cox prenait des bains de soleil, tandis que Matt Simmons s'adonnait au plaisir de la pêche. Les autres s'affairaient aux diverses tâches du chantier naval et se préoccupaient de terminer les préparatifs du voyage …

A l'aube du troisième jour, les cinq aventuriers embarquèrent pour une longue traversée, tandis que les deux agents de la sécurité et les trois robots repartaient pour la cité avec le véhicule tout terrain et le matériel devenu inutile.

A bord, ils avaient pu construire une zone couverte pour l'équipage et les animaux, dans laquelle ils pourraient se réfugier en cas de gros grain. Cette aire abritée était en même temps, le poste de pilotage, la cuisine, avec une station pour dessaler l'eau de mer, ainsi que le poste de communication équipé d'un appareil satellite permettant de garder le contact avec la communauté des colons.

Ecoutant la voix de la prudence, ils avaient établi un plan de route prévoyant de longer la côte pour permettre, le cas échéant, de se réfugier à terre en cas de très mauvais temps. Les faits, par la suite, leur donnèrent raison, car, même si par mer calme, ils pouvaient atteindre aisément la vitesse de 30 nœuds, grâce à la puissance des moteurs, les conditions météorologiques les contraignirent néanmoins très fréquemment à dérouter leur cap en direction de la côte pour laisser passer le mauvais temps.

Le lieutenant Steve Baker était le seul à bord ayant des connaissances théoriques de navigation et leur manque d'expérience fut préjudiciable tout au long du trajet. Finalement, ce n'est qu'à l'aube du dixième jour qu'ils furent en vue de leur point d'accostage. Ils durent cependant attendre plusieurs heures avant de pouvoir débarquer, le temps que la marée haute leur permette d'atteindre la côte sans risquer de s'échouer.

La mission Mayflower

Ils avaient mis plus de dix jours pour rejoindre la terre ferme, le voyage s'étant passé sans avoir rencontré d'ennui majeur, mais ils étaient encore à quelques cinq cent kilomètres du « Point alpha » …

La mission Mayflower

Jeff Winter, l'infectiologue, avait souhaité rencontrer à nouveau le maire Rosen, mais, compte-tenu de ses activités prenantes, ils avaient convenu d'un rendez-vous dans le bureau du praticien sur son lieu de travail, dans l'unité hospitalière. Le maire Rosen n'était pas très à l'aise en arrivant dans cet endroit où il savait que de nombreux colons étaient agonisants. C'était, en quelque sorte, un lieu symbole de son impuissance à régler la situation et il en ressentait un réel désespoir.

De plus, pour atteindre le bureau de l'infectiologue, il dut traverser tout l'espace consacré aux soins et se faufiler dans les couloirs entre les lits où gisaient les malades que l'on devinait derrière les tentes isolantes alignées en rang d'oignon. Il vécut cela comme une véritable humiliation et soupçonna le praticien de se livrer à une manipulation. Jeff Winter l'attendait devant la porte de son bureau et le salua avant de l'inviter à entrer :

> — Je vous sais gré de venir me voir jusqu'ici, monsieur le maire, déclara le médecin. Merci à vous !

> — Je suppose que vous avez une information importante à m'annoncer, observa le maire Rosen, vu l'empressement que j'ai pu lire dans votre message …

> — En effet, monsieur, confirma l'infectiologue, j'ai quelqu'un à vous montrer. Je vais vous demander de me suivre, s'il vous plaît …

Et le praticien, dans le même mouvement, sans se préoccuper de la réaction du premier magistrat, prit la direction de la grande salle des hospitalisés. Le maire Rosen hésita un court instant avant de se décider à lui emboiter le pas. Il redoutait qu'une mise en scène ait été imaginée par le corps médical pour lui faire prendre une décision qu'il ne souhaitait pas …

Conformément aux consignes, les deux hommes portaient leurs combinaisons étanches de survie, ainsi que leurs masques. Jeff Winter entra dans l'une des tentes où se trouvaient les malades. Dès son entrée dans l'espace stérile, le maire Rosen reconnut le vieil homme qui gisait, allongé sur son lit, les yeux clos, avec le visage d'une pâleur mortelle.

La mission Mayflower

— Vous connaissez monsieur Jim Howard, demanda l'infectiologue, n'est-ce pas ?

Le maire Rosen s'approcha du lit, totalement désemparé par ce qu'il voyait, sans répondre à la question du praticien.

— Il est le doyen de notre communauté, continua le médecin, et, comme vous pouvez le voir, il est très mal en point …

Bouleversé, le maire Rosen, sentit la colère l'envahir, davantage par dépit de ne pouvoir apporter des réponses à une situation qui se dégradait, que par animosité à l'égard de Jeff Winter pour l'avoir mis face à Jim Howard qui représentait, à cet instant, son plus cruel échec. Bien sûr qu'il connaissait l'ancien paléontologue, puisqu'il l'avait côtoyé durant plusieurs années sur le *Mayflower*, et le voir ainsi, à l'agonie, le mettait dans une rage intérieure folle. A cet instant, le vieil homme ouvrit un œil et reconnut aussitôt son visiteur :

— Walter ! s'écria-t-il d'une voix faiblarde avec une grimace en guise de sourire, vous êtes venu me saluer ? C'est très gentil à vous, merci, Walter …

Puis, Jim Howard ferma à nouveau les yeux, visiblement trop faible pour continuer la discussion. Sans un mot, Jeff Winter se dirigea vers la sortie de la tente et le maire Rosen le suivit sans tarder. Ils se retrouvèrent quelques instants plus tard dans le bureau de l'infectiologue et Walter Rosen, furieux, laissa éclater son indignation :

— Monsieur Winter, vociféra-t-il, pourquoi cette mise en scène ? Quel jeu jouez-vous ?

— Je ne joue aucun jeu, monsieur le maire, répondit le praticien d'une voix calme et posée. Je voulais vous montrer une personne que vous connaissez de longue date, je le sais, qui souffre comme certains d'entre nous et qui compte également beaucoup pour notre communauté dont il est le doyen. Son décès, qui ne saurait tarder, retentira comme un échec de plus dans la lutte que nous sommes en train de perdre contre cette pathologie qui n'a, toujours pas, livré ses secrets …

La mission Mayflower

— Je sais tout cela, s'énerva le maire Rosen, inutile de me rappeler ce que vous rabâchez depuis des semaines. Mais, à qui la faute ? si ce n'est l'incompétence de vous-mêmes et vos collègues ?

— Ok, monsieur le maire, ricana Jeff Winter, nous tous, qui appartenons au corps médical, sommes incompétents et nous n'avons pas su trouver de solution face à cette crise sanitaire, c'est exact ! mais, vous, monsieur le maire, qui appartenez à la classe politique, quelle décision avez-vous prise pour sauver ce qui peut encore l'être ? Rien ! vous n'avez rien fait ! Alors, faudra-t-il attendre que tous les colons disparaissent pour que vous preniez une initiative ?

Le premier magistrat de la ville baissa la tête car il devait reconnaître que l'infectiologue avait en partie raison … Lui, le maire, était le seul à décider du sort de ses administrés, comme le prévoyait la « Charte de la Vie en Collectivité », mais, il n'avait pris aucune des décisions qui s'offraient à lui …

— Vous n'ignorez pas que la seule voie envisagée par les « conseillers officiels », expliqua le maire Rosen, c'est de fuir cette zone pour tenter d'échapper à l'épidémie, et d'ailleurs, vous étiez vous-même opposé à cette solution, n'est-il pas vrai ?

— Je m'en souviens en effet, confirma Jeff Winter d'une voix ferme, et j'y suis toujours opposé pour les raisons qui ont déjà été évoquées, mais, cela n'est pas la seule voie possible ! Je me souviens également que Tomasz Swacha vous a fait une suggestion à laquelle vous deviez réfléchir et que, deux semaines après, vous n'avez toujours pas tranchée …

— Vous voulez parler de cette idée farfelue de capturer l'un de ces sauvages ? demanda le maire Rosen.

— Cela n'est pas une idée aussi farfelue que ça ! objecta l'infectiologue.

— Pourtant, se défendit le maire Rosen, c'est contraire à tous les principes élémentaires de protection de la communauté et c'est rigoureusement interdit par la « bible ». Je pense que vous pouvez aisément comprendre pourquoi …

— Oh, je vois très bien ce à quoi vous faites allusion, concéda le praticien, et même, médicalement parlant, le principe de précaution irait dans le même sens que le vôtre. Mais, voyez-vous, mes confrères et moi-même avons fait le constat que ces … sauvages, comme vous dites, sont en parfaite santé dans l'environnement hostile où nous sommes et en apparence assez peu sensible à cette mystérieuse pathologie …

— Oui, et alors ? s'enquit le maire Riosen, qu'en déduisez-vous ?

— Eh bien … monsieur le maire, répondit le médecin, si cette pathologie dont nous souffrons est d'origine infectieuse, nous pourrions peut-être envisager de faire un test de sérothérapie …

— Un test de sérothérapie ? s'exclama le maire Rosen. De quelle thérapie s'agit-il ?

— La sérothérapie est une technique, déclara le docteur Jeff Winter, qui consiste à prélever le sang de patients guéris ayant vaincu la maladie pour le transfuser aux malades en difficulté et ainsi booster leurs défenses naturelles contre l'infection.

— Vous voulez prélever du sang de ces animaux pour le transfuser sur des humains ? s'écria le maire Rosen stupéfait. Monsieur Winter, seriez-vous devenu complètement fou ?

— Il s'agit pourtant d'une technique totalement maîtrisée, expliqua tranquillement l'infectiologue, et fréquemment utilisée en médecine dans le but de renforcer le système immunitaire de nos patients. Le plasma sanguin contient les anticorps développés spécifiquement par l'organisme contre un agent pathogène ou infectieux et c'est une solution intéressante notamment pour les malades immunodéprimés.

— Mais, objecta le maire Rosen, ne pensez-vous pas que vous jouez à l'apprenti-sorcier ? Que le résultat de cette … sérothérapie, comme vous la nommez, pourrait aboutir à une situation encore plus dramatique qu'elle ne l'est ?

La mission Mayflower

— Nous pensons, mes confrères et moi-même, susurra le médecin, que la situation ne peut pas être plus dramatique qu'elle ne l'est …

— Et puis … poursuivit le maire Rosen en ignorant la remarque de l'infectiologue, vous parlez d'un test, mais sur qui ? Je ne vois pas qui osera être candidat pour se faire injecter une telle potion magique …

Il y eut un court moment de silence durant lequel le docteur Winter semblait faire de gros efforts pour garder son calme, pendant que le visage du maire Rosen exprimait un profond désarroi face aux hypothèses qui s'offraient à lui.

— Monsieur le maire, reprit le praticien avec un calme retrouvé, si je vous ai demandé de venir jusqu'ici, ça n'est pas, comme vous semblez le croire, une machination contre vous et vos indécisions … C'est, au contraire, pour que vous puissiez juger, par vous-même et au plus près du terrain, de la gravité et de l'urgence de notre situation. Vous avez vu monsieur Howard, conscient sans doute pour la dernière fois, car dans quelques jours, voire quelques heures, il sombrera dans un coma dont il ne reviendra pas …

— Mais vous pouvez peut-être changer cela ! enchaîna-t-il avec force. Il est conscient de la gravité de son état et c'est pour cela qu'il est volontaire pour qu'un test soit tenté sur sa personne …

— Jim Howard est volontaire pour … répéta le maire Rosen abasourdi.

— Oui, vous voulez que l'on retourne le lui demander ? proposa l'infectiologue en faisant mine de se lever.

— Non, je vous crois sur parole, capitula précipitamment le maire Rosen.

Le premier magistrat de la ville se plongea alors dans une intense réflexion où il percevait bien le dilemme dans lequel il était désormais enfermé. On le sentait prisonnier d'une alternative implacable, entre, ne pas transgresser les sacro-saintes règles de la « bible » qui lui

La mission Mayflower

interdisait de faire entrer un individu autochtone dans la cité et qui lui suggéraient de décamper de l'endroit où ils se trouvaient, ou bien, laisser mourir tous les colons qu'il venait de croiser, un à un, à commencer par le doyen d'entre eux …

Car, à présent, après ce qu'il venait de voir, il était persuadé qu'aucun de ceux qui étaient là, derrière la toile des tentes, n'en réchapperait …

XI -   GÖSKH

Les cinq membres de l'expédition progressaient lentement en direction du « Point alpha ». Après avoir solidement amarré leur embarcation qu'ils avaient hissée jusque sur la plage, ils s'étaient organisés avec, en-tête, le lieutenant Steve Baker, juché sur son cheval et assisté des trois chiens pour jouer le rôle d'éclaireur. Puis, suivaient trois autres colons, en selle sur leurs montures, escortant le chariot, conduit par Matt Simmons, qui n'avait jamais eu l'âme d'un cavalier. Pourtant, sur le *Mayflower*, l'équitation était, depuis le plus jeune âge des colons, un sport obligatoire, dans l'hypothèse où cela s'avèrerait un jour utile. A cet instant, ils étaient précisément en train de démontrer la pertinence de cette mesure ...

Comme l'avaient révélé les images satellites, la topologie des lieux n'était pas propice à une circulation facile. Peu de temps après avoir quitté la côte, le paysage était rapidement devenu aride, chaud et sec, parsemé de gros rochers, avec des conditions climatiques proches de celles d'une contrée désertique. De temps à autre, le vent se levait en bourrasques et d'épais nuages de poussière ocre obscurcissaient l'horizon, à tel point qu'ils devaient s'arrêter et s'abriter jusqu'à ce que la tempête se calme. A d'autres moments, au contraire, il leur était possible de distinguer, dans l'horizon lointain, les hauts sommets enneigés de la chaîne montagneuse qui partageait le continent en deux parties au climat très différent. De ce côté du *Ponant*, la chaleur était pesante et fatigante ...

La faune était totalement absente sur le trajet qu'ils suivaient depuis plusieurs jours, pas de scorpion, pas de serpent, et la flore se limitait à quelques plantes à épines, qui, selon Bryan King le botaniste, devaient appartenir à une famille proche des cactées. Ils avaient traversé une vaste plaine, parsemée de cailloux, et vallonnée par endroits, mais ils approchaient, à présent, d'une zone plus verte où de nombreuses plantations de petite taille rendaient leur progression encore plus difficile.

Ils s'arrêtèrent pour se concerter et ils en profitèrent pour se restaurer et désaltérer les animaux. Carte en main, Steve Baker prétendait qu'ils devaient contourner cette végétation gênante pour retrouver, quelques dizaines de kilomètres plus loin, un relief plus favorable.

> — Cela fait un détour de plusieurs kilomètres, dit-il, mais, au final, on va gagner du temps …

Tomasz Swacha, le géologue, étudiait consciencieusement les relevés topographiques établis par l'un des satellites et semblait mettre en doute l'optimisme du lieutenant.

> — Ce que tu proposes, Steve, observa-t-il, est un détour de bien plus de quelques kilomètres, et c'est dans ce désert infernal où il nous en coûte de faire un pas ! Alors que les arbustes qui se dressent devant nous sont la preuve qu'il y a quelques oasis de fraîcheur par ici … je pense qu'il vaut mieux continuer tout droit, même si cela devient plus difficile de faire avancer le chariot …

> — Comme tu voudras Tomazs, admit le lieutenant, après tout, c'est toi le spécialiste !

> — Qu'en pensez-vous, les autres ? demanda Tomasz Swacha.

Tous se rangèrent derrière l'avis du géologue, estimant, comme le lieutenant, qu'il était le plus à même de lire les cartes et d'évaluer la situation. Deux heures plus tard, ils décidaient de camper pour la nuit, adossés à une haute colline qui se dressait sur leur route.

Au milieu de la nuit, ils furent brusquement réveillés par les chiens et le bruit des chevaux affolés. Ils eurent alors la surprise de constater qu'ils faisaient l'objet d'une attaque de la part de gros volatiles nocturnes. Ces oiseaux immenses, aux corps de vautour et ailes de chauve-souris, n'hésitaient pas à s'en prendre aux chevaux et aux chiens avec leurs becs et serres acérés. Steve Baker eut aussitôt le réflexe de sortir une lampe torche puissante et une arme laser pour tirer sur les charognards en plein vol. Les autres imitèrent le lieutenant

La mission Mayflower

et après plusieurs minutes d'affrontement, les volatiles disparurent dans la nuit, aussi vite qu'ils étaient arrivés.

Au petit jour, ils constatèrent que l'attaque avait provoqué un véritable carnage. L'un des trois chiens gisait, mort, devant une tente qu'il avait essayé de défendre, les deux autres portaient des traces sévères de morsures et de griffures. Trois chevaux, sur les six, portaient également des blessures qui les rendaient inaptes à poursuivre leur périple avec la charge qu'ils devaient assumer. Parterre, de nombreux cadavres d'oiseaux étaient éparpillés sur l'ensemble de la zone du campement.

Ils reprirent leur route, à pied, pour épargner les chevaux éprouvés, tandis que les deux plus valides formaient l'attelage du chariot. Leur progression devenait de plus en plus lente, à la fois parce qu'ils étaient dans l'obligation de marcher lentement mais aussi parce que la végétation dense rendait plus difficile la progression du chariot. Ils cherchèrent un endroit qui pouvait constituer un abri naturel les protégeant contre une nouvelle attaque des oiseaux, mais en vain.

Après une rapide concertation, ils durent se résoudre à envisager ce qu'ils redoutaient le plus, c'est-à-dire de se séparer. En effet, ils ne pouvaient abandonner le chariot avec les animaux qui avaient du mal à avancer et ils n'étaient plus qu'à deux cent kilomètres du « Point alpha ». Tomasz Swacha, qui était le chef de l'expédition, décida donc de poursuivre la route avec Matt Simmons et Steve Baker, à dos des trois montures qui étaient en mesure de continuer et une chienne, Rika, qui semblait bien remise de ses émotions de la nuit.

Pendant ce temps, Bryan King et Madison Cox les attendraient en soignant les plaies des trois chevaux blessés et du chien, plus mal en point. Pour se protéger contre une nouvelle attaque des oiseaux, ils avaient imaginé de faire, dès la tombée de la nuit, un immense feu de bois, avec l'espoir que cela suffise à éloigner les volatiles prédateurs. Avec un peu de chance, ils espéraient pouvoir se retrouver tous ensemble pour rentrer chez eux dans quelques jours à peine …

La mission Mayflower

Göskh était en train de chasser, seul, à l'orée de la forêt, là où il était à peu près certain de ramener un petit gibier pour le repas du soir. Il était caché dans l'un des fourrés, à proximité du ruisseau dont il entendait l'harmonieux gazouillis, à l'endroit même où il avait surpris, à de nombreuses reprises, les animaux venir se désaltérer. Göskh était un guerrier aguerri, c'est pourquoi il ne lui faisait aucun doute qu'il parviendrait, avec suffisamment de patience, à tuer un « *zupon* », sorte de petit rongeur herbivore, avec son « *rahm* », un lance-pierre rudimentaire dont il était un habile expert.

Göskh était l'un des jeunes guerriers ambitieux de la tribu qui, un jour ou l'autre, serait candidat à la succession de chef. Mais avant, pour cela, il fallait, d'une part, faire ses preuves auprès des autres membres du groupe pour être accepté, et d'autre part, il faudrait, le moment venu, avoir le courage de défier Rack, le plus puissant d'entre eux qui était en place, à la tête de la tribu. Sans doute, un jour viendrait où Rack aurait suffisamment vieilli pour n'avoir plus la force d'empêcher l'un des jeunes loups de lui succéder. Il n'ignorait pas qu'il faudrait être sûr de son coup, car sinon, Rack n'hésiterait pas à écrabouiller le prétendant, sans aucune pitié.

Göskh était si absorbé par l'attention qu'il portait à tout ce qui pouvait se présenter aux abords du ruisseau qu'il n'avait pas remarqué cette espèce d'oiseau silencieux qui voletait au-dessus de lui. Lorsqu'il leva les yeux au ciel pour s'intéresser au volatile, celui-ci prit soudain de la hauteur et disparut dans les nuages nacrés à basse altitude. Il n'avait jamais vu auparavant un tel oiseau et se demandait combien savoureuse pouvait être sa chair.

Soudain, il entendit un petit bruit sur sa gauche, dans une direction où de hauts fourrés gênaient sa vue. Il pensa qu'il s'agissait d'un plus gros gibier que prévu et il se réjouissait à l'avance de ramener au camp une proie qui ferait de lui le meilleur des trappeurs pour quelques jours. Malgré son jeune âge, Göskh était un chasseur avec beaucoup d'expérience et il tentait de localiser sa proie, non seulement avec ses yeux, mais aussi avec ses oreilles et même avec son nez. Humant l'air porté par la brise de la fin de journée, il espérait reconnaître l'animal à qui il allait avoir affaire grâce à la finesse de son odorat.

La mission Mayflower

Il perçut une odeur étrange, qu'il ne connaissait pas, et il fut un court instant décontenancé et inquiet à l'idée de devoir faire face à un animal qu'il n'avait jamais rencontré auparavant. Mais, tout comme Rack, il avait une haute opinion des *Krogs*, puisqu'il n'imaginait pas qu'une autre espèce puisse leur faire de la concurrence. Néanmoins, Göskh troqua prestement son « *rahm* » contre sa « *jifna* », tenant fermement en main la massue.

Brusquement, le *Krog* se mit à courir à toute vitesse dans la direction du grand taillis d'où venaient les bruits et, prêt à frapper avec sa massue, il écartait les bouquets de broussailles, un à un, espérant surprendre sa proie, mais il ne trouva rien. A cet instant, il entendit comme un frémissement d'air au-dessus de sa tête, il leva les yeux et vit l'oiseau bizarre qui venait de passer tout près de lui. Il ressentit comme une légère piqûre sur l'omoplate et aussitôt, une lourdeur inhabituelle dans les jambes l'empêcha de se déplacer à sa guise.

C'est alors qu'il vit sortir du taillis une créature inconnue qui s'approchait, un bipède comme lui, mais de taille très inférieure, un peu plus petite que les *Otöbos*. Il ne ferait qu'une bouchée de cet intrus, à condition, bien sûr, de pouvoir marcher normalement. Car, il sentait ses forces l'abandonner et un voile noir se former tout doucement devant ses yeux. Il comprit, en un clin d'œil, qu'il venait de croiser les étrangers dont avait parlé Rack. Il se souvenait, à présent, de la description qu'il avait faite de cet oiseau silencieux, d'apparence inoffensif, ainsi que des créatures qui l'accompagnaient.

Au fur et à mesure qu'il glissait dans l'inconscience, il se remémorait l'incursion qu'ils avaient faite, lui et Tomor, son frère d'arme, proche du camp des étrangers, et de la déroute qui en avait suivi. Il tenta d'entrer en contact télépathique avec Tomor, mais, il était trop tard … Göskh roula à terre, anesthésié et inconscient, sans comprendre ce qui lui était arrivé …

La mission Mayflower

Horatio Mercadal, le chef de la sécurité, avait conduit, de main de maître, une opération consistant à extraire l'un des énergumènes pour le ramener dans la cité et l'étudier. Durant des jours, à l'aide des drones, ils avaient espionné le comportement de la tribu pour analyser les coutumes de ses membres et monter le kidnapping qui venait de se dérouler conformément aux plans. Une fois l'individu anesthésié, il avait fallu quatre robots pour le rouler dans un filet d'acier et le hisser sur une remorque tractée par un véhicule tout-terrain.

Depuis son arrivée dans la cité, après avoir traversé la foule des curieux qui se pressait pour regarder la prise, le « sauvage » était maintenu endormi par anesthésie dans une salle de l'hôpital, enfermé dans une cage d'acier. Il faisait l'objet de toutes sortes d'analyses et il avait été radiographié sous tous les angles afin de connaître au mieux sa morphologie interne. Le liquide de couleur légèrement orangé qui coulait dans ses veines fut prélevé et analysé avec minutie. Pourtant, le corps médical ne découvrit rien qui puisse laisser supposer que cette espèce disposait d'une défense naturelle contre l'agent responsable de l'épidémie qui sévissait.

Il fut néanmoins décidé de procéder à l'expérience qui avait motivé la capture de l'individu et une injection d'un extrait de son sang fut administrée, à la hâte, dans l'organisme d'un Jim Howard inconscient et à l'article de la mort ...

Durant les deux jours qui suivirent, l'état du patient se stabilisa, sans que rien ne donne à penser que la thérapie avait eu un quelconque effet sur sa maladie. Les symptômes restaient rigoureusement les mêmes et Jim Howard restait plongé dans un profond coma, mais il avait survécu.

Dans la nuit du troisième jour, Jeff Winter fut réveillé par la sonnerie d'urgence, à l'initiative de l'infirmière de garde. L'infectiologue se précipita au chevet de Jim Howard qui avait repris un état semi-conscient, l'espace de quelques minutes seulement. Il semblait très agité et marmonnait des mots incompréhensibles. Le praticien prescrit la prise d'un calmant, mais le patient continuait à être perturbé. Il se mit à prononcer des syllabes d'apparence incohérentes comme s'il délirait :

La mission Mayflower

— Li … bé … ré … gosc …, répétait-il inlassablement, les yeux révulsés.

Le médecin se tourna vers l'infirmière :

— Comprenez-vous ce qu'il raconte ? demanda-t-il.

— Si ces mots ont un sens je comprends peut-être "Libérer Gosc" ? dit-elle l'air circonspect.

— Gosc ? Qui est ce Gosk ? questionna Jeff Winter.

— Je n'en ai aucune idée, déclara l'assistante.

— A moins que … ce soit … l'individu que nous avons capturé, bredouilla l'infectiologue l'air dubitatif. C'est le seul qui soit susceptible d'être libéré …

— Comment connaîtrait-il son nom ? s'étonna l'infirmière.

— C'est cela qui m'intrigue, admit le médecin. Je ne comprends pas ce qui se passe. Pour cette nuit, augmentez la dose des calmants, et nous verrons demain matin …

— Docteur, s'enquit l'infirmière, considérez-vous que l'état de monsieur Howard s'est amélioré ?

— Nous verrons cela demain matin, répéta Jeff Winter, pressé d'aller se recoucher.

La mission Mayflower

Les trois aventuriers avançaient à l'allure du pas de leurs chevaux et, d'après la carte, ils se rapprochaient du « Point alpha ». Rika, la chienne, avait parfaitement compris que son job était de précéder ses maîtres et de les prévenir en cas de danger, mais, pour l'heure, ils n'avaient croisé aucun signe de vie, hormis quelques petits animaux qui se terraient rapidement à leur approche.

Depuis les deux derniers jours, alors qu'ils venaient de quitter Madison Cox et Bryan King, ils rencontraient une végétation de plus en plus dense et de plus en plus verte. Les arbustes, à larges feuilles, devenaient plus robustes et les ronces plus serrées, de sorte que leur progression était rendue plus difficile. Ils pensèrent que le chariot n'aurait pas pu se frayer un chemin au milieu de cette végétation dense. Soudain, Matt Simmons s'arrêta net :

— Venez voir par ici ! s'écria-t-il avec ardeur.

Aussitôt, les deux autres se retournèrent dans la direction indiquée par l'archéologue et découvrirent, émergeant d'épais fourrés, un large mur de pierres en ruines, à demi-éboulé.

— Nous sommes au « Point alpha » ! s'exclama Matt Simmons avec une joie non dissimulée.

Les trois hommes mirent le pied à terre et s'avancèrent au plus près du mur. Les énormes pierres, pesant chacune plusieurs tonnes, étaient ajustées, les unes sur les autres, en rangées bien alignées. Le temps et la nature ambiante semblaient néanmoins avoir fait leur œuvre et avoir eu raison de la robustesse de la construction.

— Ce mur a été construit par une intelligence supérieure, affirma l'archéologue. Regardez la taille des pierres …

— Quel âge a-t-il, selon vous ? demanda Tomasz Swacha.

— Je l'ignore, répondit Matt Simmons, mais, à priori, étant donné l'ampleur de l'édifice et son niveau d'usure, je dirais … plusieurs siècles, voire plusieurs milliers d'années …

— Autant que ça ? s'étonna le géologue.

La mission Mayflower

Par endroits, le mur se dressait à une hauteur voisine de sept à huit mètres, alors qu'à quelques mètres de distance, les pierres avaient manifestement disparu, puis, un peu plus loin, la construction s'élevait à nouveau, pour partie écroulée.

> — J'ai besoin de vous, Tomasz, déclara Matt Simmons, il serait utile de tracer sur la carte, la superficie entourée par ce mur. Cela doit être un jeu d'enfant pour un expert géologue tel que vous, non ?

> — Il ne vous a pas échappé, Simmons, qu'il ne fallait pas confondre un géologue avec un géomètre, n'est-ce pas ? railla Tomasz Swacha.

> — Bien sûr ! affirma l'archéologue avec un large sourire, mais comme nous n'avons pas de topographe sous la main …

Ils suivirent le tracé du mur qui s'étalait sur une longue distance, estimée à environ deux kilomètres, puis, il tournait, à angle droit, sur une distance quasiment identique. L'ensemble formait un grand rectangle, une aire de 4 ou 5 kilomètres carrés, à l'intérieur duquel les explorateurs se demandaient ce qu'il protégeait. Pourtant, la végétation était très épaisse, au point qu'ils devaient avancer à pied en enjambant les ronces et les hautes herbes qui avaient envahi tout l'espace.

Steve Baker lança soudain un cri pour appeler les deux autres qui accoururent aussi vite que possible. Le lieutenant était devant une grande bâtisse métallique, de forme demi-sphérique, légèrement surélevée, totalement recouverte de branchages et de feuilles mortes, de sorte que l'on pouvait passer à côté sans la voir. Les trois hommes parvinrent à s'introduire à l'intérieur du volume, pour constater que l'espace d'environ une cinquantaine de mètres carrés était totalement vide. Les fenêtres et les portes avaient disparu, laissant de grandes baies ouvertes sur l'extérieur, à moitié comblées par la végétation.

> — Qu'est-ce que cela peut bien être ? se demanda Tomasz Swacha.

> — Je ne sais pas, répondit l'archéologue.

La mission Mayflower

— Voyons, Simmons, plaisanta le géologue, donnez libre cours à votre intuition d'archéologue …

— Mon intuition d'archéologue, déclara Matt Simmons, me dit que cela pourrait bien être une habitation …

— Quoi ? s'étonna Tomasz Swacha, vous voulez dire … comme une maison ? Cet endroit était habité par des individus qui vivaient dans une maison sphérique ?

— Oui, pourquoi pas ! affirma l'archéologue, peut-être même une habitation individuelle … une maison sphérique, c'est très harmonieux à vivre, vous ne trouvez pas ?

— Etes-vous sérieux ? s'enquit Tomasz Swacha.

— Absolument ! confirma Matt Simmons. Tenez, regardez !

Et l'archéologue montra du doigt une sorte de rail au niveau des fondations de la bâtisse :

— Vous voyez ce support de roulement en métal ? dit-il, je pense qu'il s'agit d'un rail sur lequel la demeure pouvait pivoter de 360° au gré de ses habitants …

— Vous croyez ? interrogea Tomasz Swacha.

— Bien sûr ! affirma Matt Simmons, on pouvait probablement orienter l'ensemble de l'habitation selon la luminosité du moment, ou bien tout simplement selon son bon vouloir.

— C'est sacrément ingénieux ! admit le géologue. Et puis, je me demande comment est-il possible qu'une construction en métal ait pu résister aussi longtemps que cela à l'érosion du temps, dans les conditions météorologiques des lieux qui ne sont pas propices à la conservation ?

— Je l'ignore, affirma l'archéologue. D'ailleurs, j'ignore également dans quel type d'alliage l'infrastructure de cet édifice a été fabriquée … on dirait une espèce de graphite, sans doute conducteur d'électricité et je me demande même si cela pouvait servir de panneau solaire …

La mission Mayflower

Tomasz Swacha inspecta attentivement l'ossature du bâtiment qui, bien que rouillée par endroits, était relativement bien conservée.

> — Je ne connais pas, moi non plus, le matériau qui a servi à édifier cette structure, dit-il stupéfait. Je ne sais pas si c'était aussi un panneau solaire, mais, cela a l'air sacrément solide !

Puis l'archéologue s'éloigna de l'habitation demi-sphérique pour se concentrer sur une zone éloignée de quelques dizaines de mètres. Visiblement, il cherchait quelque chose et cela intrigua le géologue :

> — Si je puis me permettre, Matt, dit-il, que cherchez-vous ? Peut-être puis-je vous aider ?

> — Je cherche à prouver que ma théorie est la bonne, répondit Matt Simmons. S'il s'agit d'une maison individuelle, on doit en trouver d'autres dans la même rue … ou avenue, non ?

> — Exact ! reconnut Tomasz Swacha, qui se mit en quête, lui aussi, d'une autre structure dans les environs immédiats.

> — Là ! s'écria l'archéologue en montrant un fourré abritant une seconde habitation du même type que celle qu'ils venaient de découvrir.

Le géologue s'approcha de la construction et put constater, en compagnie de Matt Simmons, que, bien que devenu une ruine, ils étaient en présence d'un édifice semblable au précédent.

> — Je suis à peu près sûr que si l'on insiste, déclara l'archéologue, on va trouver une autre maison dans le prolongement de celle-ci … et qu'elle va s'aligner avec les précédentes dans la même rue …

> — Je ne parierai pas sur le contraire ! approuva le géologue.

> — Venez voir par ici ! retentit soudain la voix du lieutenant qui inspectait un grand taillis un peu plus loin.

Les deux interpellés se précipitèrent pour rejoindre Steve Baker jusque devant un petit bosquet qui cachait un bâtiment dont on ne distinguait que l'entrée. Ils restaient tous les trois, bouche bée, devant le fronton de la construction sur lequel étaient inscrits une dizaine de signes sculptés dans le métal.

> — Ça alors ! s'extasia l'archéologue, nous sommes en présence d'une civilisation suffisamment avancée pour connaître l'écriture ... j'en suis tout retourné ...

> — Voyons, Matt, il n'y a pas lieu d'être surpris de cela, observa le géologue, je trouve même que c'est logique, voire nécessaire, étant donné le niveau de développement technologique de ces êtres, que l'on peut imaginer en voyant tout cela ...

> — Oui, vous avez raison, reconnut Matt Simmons, mais, cela me bouleverse de penser que nous sommes devant une civilisation extraterrestre aussi proche de nos concepts !

Les figures inscrites sur la porte de la bâtisse étaient constituées de courbes et d'arabesques, à la fois harmonieuses et sophistiquées.

> — On dirait une sorte de hiéroglyphes, remarqua Tomasz Swacha. Vous ne pensez pas ?

> — Non, Tomasz, objecta Matt Simmons, je dirais que ces symboles font davantage penser à un système d'écriture logosyllabique, tel que celui des Mayas sur Terre, plutôt qu'à l'écriture hiéroglyphique des Egyptiens, mais, évidemment, cela reste à vérifier ...

Ils passèrent le pas de la porte d'entrée pour pénétrer dans une salle immense, présentant la forme d'une sphère dont le volume était déformé selon une figure ovale. Le sol de la pièce suivait l'inclinaison naturelle d'une pente qui convergeait vers l'entrée où ils se trouvaient. La résonnance des lieux laissait à penser que la salle disposait d'une acoustique particulière, mais, bizarrement, en assourdissant les sons plutôt qu'en les amplifiant.

> — Qu'est-ce que c'était, selon vous, Matt ? demanda Tomasz Swacha.

> — Je ne sais pas, répondit Matt Simmons, peut-être une salle de spectacle, comme un théâtre ou un opéra ... ou bien ... un lieu de

culte, pourquoi pas ? C'est sans doute écrit sur la porte d'entrée, mais, nous ne savons pas le lire ...

— Peut-être y-a-t-il d'autres inscriptions dans cette ville qui nous permettraient de décoder leur langue, déclara le géologue, et d'en savoir un peu plus sur leur histoire, ne croyez-vous pas Matt ?

— Messieurs, intervint Steve Baker, je ne doute pas que la découverte de cette cité soit d'un grand intérêt scientifique, mais, il ne faut surtout pas oublier ce pourquoi nous sommes là ... Cette civilisation était sans doute rayonnante, pourtant, aujourd'hui, elle semble avoir disparu. Alors, je me pose une question : est-ce que ces gens ont été victime de l'épidémie qui frappe notre colonie, ou bien, la raison en est toute autre ?

La remarque du lieutenant ramena d'un seul coup les deux autres à la dure réalité du moment et à la vraie question à laquelle on se devait de répondre ...

— Vous avez raison Steve, admit Tomasz Swacha, l'intérêt scientifique de cette découverte est mineur en regard de nos problèmes, mais, mieux connaître cette civilisation est peut-être la clé de notre interrogation !

XII - LES "KROGS"

Jeff Winter poussa la porte du bureau du maire et, avant même d'avoir été invité à s'assoir, s'affala sur le siège face à Walter Rosen. « Il a la tête des mauvais jours … », pensa aussitôt l'occupant des lieux.

— Vous avez bien fait de venir, dit le maire Rosen, j'avais hâte d'avoir de vos nouvelles … mais, vu votre mine, elles ne sont pas bonnes, n'est-ce pas ?

L'infectiologue prit la tête entre ses mains et mit un certain temps avant de répondre :

— Je suis catastrophé ! dit-il sur un ton désespéré.

— Que se passe-t-il ? s'enquit le maire Rosen, inquiet lui aussi. C'est à cause de Jim Howard ?

Jeff Winter hocha simplement la tête en guise d'assentiment.

— Pourtant, observa le maire Rosen, selon vous, avant que vous ne fassiez ce test, il était à l'article de la mort, et il semblerait qu'il s'en soit sorti jusqu'à présent ? Comment va-t-il ?

— Mes confrères et moi-même, répondit l'infectiologue, avions placé beaucoup d'espoirs dans la sérothérapie que nous avons pratiquée. Nous comptions sur cette transfusion pour renforcer le système immunitaire de monsieur Howard et lui permettre de lutter contre cette maladie à laquelle nous ne comprenons pas grand-chose.

— Et cela ne se passe pas comme prévu ? s'enquit le maire Rosen.

— Ça, c'est le moins que l'on puisse dire ! reconnut le praticien. L'aspect positif de cette expérience est, malgré tout, comme

La mission Mayflower

vous l'avez dit, que monsieur Howard n'a pas succombé à la pathologie, alors que son état était désespéré …

— Et l'aspect négatif ? demanda le maire Rosen, prêt à tout entendre.

— L'aspect négatif … hésita le médecin, c'est l'évolution de l'état de monsieur Howard qui nous pose problème et nous inquiète …

— C'est-à-dire ? pressa le premier magistrat de la ville.

— Eh bien … expliqua Jeff Winter avec une gêne non dissimulée, de jour en jour, la morphologie de monsieur Howard se transforme à vue d'œil. Son organisme subit des altérations majeures, comme si son anatomie avait entrepris une mutation génétique rapide qui le conduit, de plus en plus, à ressembler au monstre que nous avons capturé et qui a servi pour l'expérimentation …

— Quoi ? s'exclama le maire Rosen, le visage défait. Vous voulez dire que la mixture que vous avez injectée dans ses veines du doyen des colons lui confère la capacité de muter vers une « chose » qui ressemble à la créature qui est notre prisonnière ?

— C'est bien cela, en effet, monsieur le maire, confessa le praticien.

— Vous plaisantez j'espère ? insista le maire Rosen.

— Ai-je l'air de plaisanter ? rétorqua sèchement l'infectiologue pour couper court à cette éventualité. Depuis que nous avons procédé à l'injection, monsieur Howard a changé de morphologie. Il a pris une masse musculaire sans aucun rapport avec quelqu'un de son âge et de sa condition sanitaire.

— Sa dentition a été profondément modifiée, ajouta-t-il, à l'image de celle de l'énergumène que nous avons analysée sous toutes les coutures et qui présente une implantation dentaire qui ressemble à celle des requins sur Terre, avec des dents qui repoussent en permanence. Enfin, les traits de son visage sont devenus plus vulgaires et nous ignorons si des transformations biologiques encore plus radicales n'ont pas eu lieu … monsieur le

La mission Mayflower

maire, j'ignore à quel point il est devenu semblable à la créature en captivité, mais, je suis sûr d'une chose ... Jim Howard n'est déjà plus un être humain !

Walter Rosen restait cloué sur son siège, muet et complètement choqué par les propos qu'il venait d'entendre.

— Comment va-t-il ? demanda-t-il à nouveau.

— Il est souvent dans le coma, répondit le médecin, mais il a, de temps à autre, un moment de lucidité durant lequel il prononce des paroles incohérentes ou incompréhensibles ...

— Quel genre de paroles ? interrogea le maire Rosen.

— Il prétend communiquer, expliqua l'infectiologue, en mode télépathe avec l'énergumène prisonnier qu'il appelle Gosc ! Et, dans son délire, il répète inlassablement : « Libérez Gosc ! » ... « Libérez Gosc ! » ... C'est à n'y rien comprendre ...

— Ce que vous me dites est, en effet, très inquiétant ! déplora le maire Rosen. Nous n'aurions jamais dû faire cela ...

— Faire quoi ? s'enquit le praticien.

— Ce que vous appelez la sérothérapie, affirma le premier magistrat de la ville, c'est une opération qui va à l'encontre de toutes les règles d'or qui nous sont inlassablement rappelées par les documents officiels de la mission *Mayflower* et que je n'aurais jamais dû accepter ...

— Oui, mais, désormais, c'est trop tard ! constata Jeff Winter. D'autant plus que nous le savons, maintenant, notre test conduit à une impasse et donc c'est l'échec de notre stratégie ...

— Puis-je vous demander, interrompit le maire Rosen, ce que vous et vos confrères médecins préconisent, à présent, pour nous sortir de cette crise sanitaire qui est sur le point de causer notre perte et, en même temps, de provoquer le fiasco de la mission *Mayflower* ?

La mission Mayflower

L'infectiologue n'eut pas le temps de répondre, car, à cet instant précis, un homme de la sécurité entra précipitamment dans le bureau du maire :

— Monsieur le maire, dit-il, vous devriez venir voir ça !

Le maire Rosen et Jeff Winter sortirent précipitamment du bureau et suivirent la foule des colons qui se pressait jusqu'aux abords de l'entrée de la cité. Arrivés à proximité des limites de la ville, protégée par un fossé, avec un mur défendu par des canons laser, alors qu'ils avaient du mal à se frayer un chemin au milieu des curieux, Horatio Mercadal, le chef de la sécurité, vint à leur rencontre :

— Que se passe-t-il Horatio ? questionna aussitôt le maire Rosen.

— Suivez-moi ! se contenta de répondre Horatio Mercadal.

Précédé de deux agents de la sécurité qui bousculaient les colons qui gênaient leur progression, ils parvinrent au sommet d'un promontoire permettant d'avoir une vue sur la plaine environnante. Ils aperçurent avec effroi une multitude de monstres, semblables à la créature captive, qui étaient amassés tout autour, aux frontières de la cité. Ils étaient si nombreux qu'il était impossible de les compter, mais de minute en minute, leur nombre grossissait, car ils se rassemblaient en arrivant de partout.

Ils étaient encore assez éloignés de la clôture, mais, l'on pouvait aisément entendre leurs cris et vociférations qu'ils hurlaient, en brandissant leurs armes rudimentaires avec des gestes déterminés et non équivoques en direction de la colonie. Ils étaient là pour s'en prendre à « Mayflower » et à la communauté des colons pour une raison qu'il était facile de deviner …

— Qu'est-ce que c'est que ce merdier ? murmura le maire Rosen sans attendre de réponse.

— Ils veulent que nous leur rendions le prisonnier, déclara le chef de la sécurité.

— Oui, je me doute … concéda le maire Rosen. Combien sont-ils ?

La mission Mayflower

— A la louche, je dirais … quelques centaines seulement, répondit Horatio Mercadal. Mais, il en arrive de partout et on ne peut savoir ce qu'il en sera dans une heure ou deux …

Le premier magistrat de la ville jeta un regard circulaire sur les quelques dizaines d'agents de la sécurité, lourdement armés, qui s'étaient massés derrière les abris prévus à cet effet.

— Avons-nous les moyens de repousser une attaque de leur part ? s'enquit le maire Rosen.

— Naturellement, monsieur le maire, affirma le chef de la sécurité.

— A votre place, je n'en serais pas aussi certain, c'est seulement avec ces quelques soldats que vous comptez repousser un assaut ? insista le maire Rosen.

— Bien sûr que non, monsieur, admit Horatio Mercadal, nous avons pris nos dispositions pour armer quelques centaines de colons. Vous n'ignorez pas que sur le *Mayflower*, les manœuvres militaires et les exercices de tir étaient obligatoires pour tous les colons, sans exception !

— Non, je ne l'ignore pas, rétorqua le maire Rosen, mais, depuis que nous sommes ici, cette tradition s'est perdue, n'est-ce pas ?

— Oui, enfin … pas tout à fait, expliqua le chef de la sécurité. Il est vrai que les colons ont eu beaucoup d'autres occupations essentielles sur *Esperanza*, mais, les exercices sont restés ouverts à ceux qui étaient volontaires pour les pratiquer ! C'est précisément ceux-là que nous nous apprêtons à armer !

— Si ces … sauvages … décidaient de nous attaquer, demanda le maire Rosen, quelles seraient nos pertes ?

— Je ne sais pas, avoua Horatio Mercadal, mais notre armement nous confère une supériorité incontestable … peut-être quelques dizaines de blessés, une centaine au maximum, avec pratiquement pas de mort !

— Je vous trouve bien optimiste, monsieur Mercadal ! osa intervenir l'infectiologue qui avait écouté sans rien dire jusque-là. Ces sauvages, comme vous les appelez, ont des facultés physiques hors norme, et même si leur armement est préhistorique, nous n'avons aucune idée de leur stratégie de combat et de leur capacité à contourner nos lignes. Et puis … leur nombre continue d'augmenter, ce qui ne présage rien de bon !

— Horatio, je crois que la prudence de monsieur Winter me séduit davantage que votre optimisme béat ! déclara le maire Rosen.

— Libérez Göskh ! dit une voix rugueuse derrière eux.

Walter Rosen se retourna pour voir Jim Howard arriver sur les lieux, appuyé sur une canne et aidé par une infirmière. Il semblait avoir de la difficulté à se mouvoir. Le maire ne put s'empêcher de remarquer que la description que lui en avait faite l'infectiologue était même en dessous de la réalité. Le faciès du doyen des colons avait évolué, avec une mâchoire élargie, un nez épaté et un regard que l'on aurait pu qualifier de bestial. Son cou s'était allongé et le dos de ses mains était désormais velu, comme celui de la créature captive. Son corps, auparavant décharné par l'âge, était devenu plus massif et l'on devinait ses muscles pectoraux sous sa chemise entrouverte.

— Bonjour Jim, réussit à articuler le maire Rosen. Qui est Göskh ?

— Göskh est mon « *ybuna* », balbutia Jim Howard.

— Que cela signifie-t-il ? demanda le premier magistrat de la ville.

— Göskh est mon frère, dit le doyen des colons. Tous ses frères sont là … les "Krogs" … Libérez Göskh !

Il avait de la difficulté à s'exprimer, comme s'il était ivre. L'infectiologue et le maire échangèrent un regard désespéré.

— Les frères de Göskh, les "Krogs", sont venus réclamer sa libération ? demanda le maire Rosen.

— Oui, bredouilla Jim Howard.

— Et que se passera-t-il si nous refusons de le libérer ? insista Walter Rosen.

La mission Mayflower

Le vieil homme jeta un regard méchant en direction du maire :

— Ils viendront le chercher … marmonna le doyen des colons.

Le maire se tourna vers les abords de la cité où les assaillants étaient, à la fois, plus proches et toujours plus nombreux, tandis que leurs cris et leurs invectives étaient plus forts et plus virulents. A cet instant, on vit arriver l'ex-commandant Effenberg, qui avait du mal à fendre la foule, mais qui parvint à s'approcher de Walter Rosen.

— Rosen, dit-il d'une voix forte pour que tout le monde entende, on me dit que vous avez l'intention de faire la guerre à ces sauvages ?

— Comme vous pouvez le voir, répliqua le maire Rosen, ce sont eux les belliqueux qui s'apprêtent à nous attaquer et s'ils le font, nous allons nous défendre !

— Il suffit de libérer celui que vous avez capturé et ils s'en iront, déclara Konrad Effenberg sur un ton de reproche. D'ailleurs, nous n'aurions jamais dû le faire prisonnier, je vous avais bien prévenu, Rosen, n'est-ce pas ?

— J'ai pris mes responsabilités et j'ai jugé que nous n'avions pas le choix ! se défendit le maire Rosen. De toute façon, maintenant, vous pouvez toujours me faire la morale, cela ne sert à rien !

A présent, les créatures étaient arrivées tout près de la palissade qui était le dernier rempart avant d'entrer dans la cité. Leur nombre était tel que l'on ne voyait plus les cailloux de la prairie alentour. Ils avaient atteint un degré d'excitation extrême, visible à l'œil nu, qui rendait l'affrontement désormais inévitable.

— Howard ! interpela l'ex-commandant Effenberg, pouvez-vous entrer en contact avec eux ?

— Oui, répondit le doyen des colons d'une voix faible.

— Partiront-ils si nous libérons le prisonnier ? demanda Konrad Effenberg.

— Oui, affirma Jim Howard au bord de l'évanouissement.

La mission Mayflower

— Alors, Rosen, qu'attendez-vous ? questionna l'ex-commandant d'une voix ferme.

Tous les regards se tournaient désormais en direction du maire qui était le seul à pouvoir dénouer la situation. Mais, Walter Rosen était hésitant, partagé entre l'envie de mettre fin à la tension du moment dont il redoutait l'issue et le refus d'avouer sa capitulation devant la foule des colons qui suivait les échanges en silence.

— Le chef de la sécurité m'affirme que nous sommes en mesure de repousser un éventuel assaut, déclara le maire Rosen sans grande conviction dans la voix.

— Au prix de combien de morts chez les colons ? interrogea Konrad Effenberg d'un air accusateur.

— Je pense, en effet … commença Horatio Mercadal, d'une voix timide.

— Taisez-vous ! ordonna soudain Jeff Winter en lui coupant la parole, vous jouez à l'apprenti sorcier, monsieur Mercadal, car, nul ne peut prédire l'ampleur des dégâts si ces créatures décidaient de passer à l'action. Je suis persuadé, pour ma part, qu'il y aurait de nombreuses victimes. Et, même, je vais jusqu'à dire, qu'après l'épidémie qui nous a frappé, une confrontation avec ces barbares risquerait de nous conduire au désastre final ! Alors, vite ! mettons rapidement fin à ce conflit, avant que la situation ne nous échappe totalement …

— Faites ce qu'il vous dit ! ajouta l'ex-commandant Effenberg. Le manuel vous recommande impérativement d'éviter les conflits avec les autochtones !

Walter Rosen affichait son incertitude en se grattant la tête et en se concentrant sur ses chaussures. Tous les regards convergeaient vers lui dans un silence de cathédrale de la part des colons réunis autour lui. Mais, on entendait, toujours plus près, les clameurs des énergumènes qui se massaient devant la palissade, pressés par ceux de l'arrière qui les bousculaient pour entrer dans la ville.

La mission Mayflower

Horatio Mercadal avait en mains la télécommande qui déclencherait la salve des canons laser et il était prêt à appuyer sur le bouton …

> — Libérez le prisonnier, lâcha finalement le maire Rosen, d'une voix d'outre-tombe.

> — Libérez Göskh ! répéta Jim Howard avant de sombrer dans le coma.

Quelques jours plus tard, on apprit que Jim Howard, l'ex-doyen des colons, semblant être arrivé au terme de sa mutation, s'était enfui de l'hôpital et avait quitté la cité sans que quiconque ne s'en aperçoive. Il avait disparu brusquement et personne ne le revit jamais, ni vivant, ni mort … certains émirent l'hypothèse saugrenue qu'il avait rejoint ses nouveaux congénères …

XIII -   BASIM

Tomasz Swacha, Matt Simmons et Steve Baker avaient passé plus d'une journée à prendre des photos du site archéologique où les seuls monuments encore debout étaient envahis par la végétation. Ils n'avaient rien trouvé de consistant sur la nature de la société disparue et sur le niveau de développement qu'avait atteint cette civilisation. Ils avaient découvert quelques inscriptions qui avaient résisté à l'érosion du temps, mais pas suffisamment pour percer le mystère de leurs auteurs. Les explorateurs revenaient de leur long périple avec les mêmes incertitudes qu'à leur départ, notamment sur les risques locaux concernant l'épidémie, et ils avaient pris la direction du camp où ils avaient laissé leurs deux compagnons.

Soudain, le lieutenant Steve Baker, qui ouvrait la marche, stoppa son cheval et leva la main pour alerter les deux autres d'un éventuel danger. La chienne Rika, qui avait l'habitude de jouer à l'éclaireur, se tenait immobile en position d'arrêt, comme on l'avait dressée, pour signaler une présence. Les trois hommes descendirent de cheval pour se mettre à l'abri des fourrés et sortirent leurs armes. Steve Baker disparut en compagnie de la chienne dans la végétation qui était assez dense à cet endroit. Puis, les deux autres entendirent le lieutenant qui leur parlait d'une voix forte :

— Vous pouvez venir voir ce que je vois ? disait-il.

Aussitôt, Tomasz Swacha et Matt Simmons se précipitèrent pour rejoindre Steve Baker et ils eurent la surprise de voir un humanoïde, qui se tenait seul, droit face à eux, drapé dans une longue tunique grise, un panier d'osier à la main rempli de baies sauvages, et qui les regardaient tranquillement s'approcher. C'était un individu de grande taille, plus de deux mètres de hauteur, avec un visage serein et avenant, partiellement recouvert par sa longue chevelure blanche. Il

La mission Mayflower

était impossible de lui donner un âge et ce qui frappait en premier, c'était sa tête, qui paraissait d'un volume disproportionné en regard de sa silhouette. De plus près, on pouvait distinguer ses longues oreilles pointues, sa peau de couleur vert clair et ses deux yeux vert foncé. Il ne bougeait pas et son air bienveillant attestait qu'il n'était ni agressif, ni apeuré, ni surpris de la présence des humains.

> — Vous pouvez baisser vos armes, déclara le lieutenant, vous voyez bien qu'il est inoffensif.

> — Il ne faut pas toujours se fier aux apparences, objecta Tomasz Swacha.

La chienne Rika s'approcha tout près de l'inconnu pour sentir ses vêtements, puis, rassurée, elle se coucha à ses pieds.

> — On dirait que Rika partage mon avis, plaisanta Steve Baker.

> — Qui est cet individu et que fait-il ici ? demanda Tomasz Swacha.

> — Ça ne va pas être facile de l'interviewer ! affirma le lieutenant avec un petit sourire.

> — Qui … vous êtes ? s'exprima l'inconnu.

En réalité, l'humanoïde n'avait pas parlé … Il avait émis des signaux en mode télépathe directement dans le cerveau des trois hommes, essentiellement constitués d'images, de sons et d'émotions. En utilisant des mots simples et des concepts universels, l'individu faisait la preuve qu'il était possible de dialoguer entre entités dotées d'un cerveau, et qui, non seulement n'appartenaient pas à la même espèce, mais provenaient de régions différentes de la galaxie.

Les humains avaient sursauté et se regardaient, totalement fascinés et stupéfaits par la sensation ressentie, celle de comprendre un message transmis par la pensée. C'était un peu comme un rebus, une suite de sons, d'images et d'émotions qu'il fallait associer pour en obtenir le sens, sans que cela ne pose de grande difficulté.

> — Ai-je rêvé, ou bien ce type a émis un message que j'ai réussi à comprendre ? demanda Tomasz Swacha, sidéré.

La mission Mayflower

— Non, vous n'avez pas rêvé, Tomasz, rassura Matt Simmons, j'ai aussi capté son message. Mais, je dois reconnaître que c'est bluffant …

— Ahurissant même ! renchérit Steve Baker. Je crois qu'il veut savoir qui nous sommes … mais, comment lui expliquer ?

— Je peux lire en vous … vous avez traversé l'espace … au milieu des étoiles, dit l'individu, vous … venez d'un autre … monde …

— Oui, répondit Matt Simmons, nous venons d'une autre planète …

— Je me demande s'il comprend quand je parle, ajouta-t-il aussitôt en s'adressant aux deux autres, ou bien faut-il s'exprimer comme lui ?

— Je comprends … très bien … lorsque vous parlez, dit l'inconnu en regardant l'archéologue, surtout vous …

— Normal, chuchota le lieutenant, c'est parce qu'il a appris à parler aux vieilles pierres.

Tomasz Swacha ne put s'empêcher de sourire.

— Pourquoi … vous êtes venus … jusqu'ici ? questionna l'individu.

— Nous avons dû fuir notre planète natale, répondit l'archéologue, et nous avons projeté de voyager jusqu'ici, pour sauver notre race de l'extinction.

— Pourquoi ici … pourquoi … ce lieu … précis ? insista l'inconnu.

— Parce qu'ici la vie est possible pour nous, expliqua Matt Simmons, et que la distance qui sépare nos deux mondes était envisageable …

— Vous avez … des intentions … belliqueuses ? interrogea l'individu avec un air assombri.

— Non, assura Matt Simmons, mais nous sommes ici avec un impératif de survie et prêts à tout pour cela !

— Je comprends, affirma l'inconnu.

La mission Mayflower

— Moi, je suis Matt, se présenta l'archéologue, lui, c'est Tomasz et l'autre c'est Steve. Et vous ? parlez-nous de vous …

— Moi … on m'appelle … Basim … dit-il.

Ba … Sim … les deux syllabes avaient résonné directement dans leur cerveau, un son clair et net, qui n'avait pas emprunté le chemin habituel, c'est-à-dire le système auditif. Associée à son nom, la créature avait laissé entendre l'idée que le nom qu'il portait n'avait pas été choisi, mais attribué par les autres, et qu'il avait une signification bien précise … En l'occurrence, Basim semblait vouloir dire … « Sage ».

Il y eut un long silence durant lequel Basim, avant de se livrer davantage, semblait jauger les intentions réelles des trois explorateurs, sans doute en fouillant leur esprit. Il prit le temps de la réflexion, puis, il s'approcha tout doucement de l'un des chevaux qui broutait l'herbe rare de l'endroit, et le caressa lentement. Il fit de même avec la chienne Rika, qui avait l'air d'aimer cela puisqu'elle se mit à lécher la main de l'individu.

— Ces animaux … n'existent pas ici, observa-t-il, cela … atteste de la véracité … de votre récit. A quoi … servent-ils ?

— Le plus petit est un chien, répondit Matt Simmons, il nous aide avec son ouïe et son odorat bien supérieurs aux nôtres. D'ailleurs, c'est lui qui a détecté votre présence avant nous. Le plus grand est un cheval, il nous nous aide en nous transportant sur son dos …

— Surprenant ! s'étonna Basim, chez nous … les animaux sont sauvages … et ne supportent pas la proximité des autres espèces. Ils sont aussitôt agressifs …

— Nous l'avons appris à nos dépens, confessa l'archéologue, puisque nous avons été assaillis par des volatiles nocturnes qui ont blessé nos animaux.

— Il s'agit … des "*schylls*", observa Basim, ce sont de terribles … prédateurs … et il est rare … d'en réchapper … Les vôtres sont plus calmes …

La mission Mayflower

— Ceux-là sont domestiqués, tenta d'expliquer l'archéologue.

C'était un concept que l'individu semblait avoir du mal à comprendre.

— Vous … avez soif ? demanda soudain Basim.

Les trois humains durent reconnaitre, intérieurement, que l'indigène avait raison, ils étaient littéralement assoiffés, car ils n'avaient pas trouvé de source d'eau potable pour se ravitailler et ils avaient épuisé leurs réserves. Peut-être l'avait-il lu dans leur esprit …

— Oui, admit Matt Simmons, nos bidons sont à sec …

— Basim vous invite, proposa l'individu avec un air bienveillant, vous pourrez vous rafraîchir … suivez-moi …

Les trois explorateurs se concertèrent du regard, puis, après avoir repris en main leurs montures, emboîtèrent le pas de Basim, qui avait, sans doute, considéré que les voyageurs ne présentaient aucun danger.

La mission Mayflower

Arnold Griffin, l'astronome, avait demandé un entretien urgent avec le maire « pour une communication importante », avait-il dit. Il entra dans le bureau de Walter Rosen et, après y avoir été invité, installa confortablement sa carcasse corpulente dans le siège face à l'occupant des lieux.

— Vous vouliez me voir ? questionna le maire Rosen.

— Oui monsieur le maire, répondit calmement l'astronome, je voulais vous parler d'un phénomène magnétique polaire que nous avons observé et qui, à nos yeux, est d'une extrême importance …

— Vous savez, monsieur Griffin, interrompit aussitôt le maire Rosen sèchement, par les temps qui courent, je place la notion d'urgence, que vous avez invoquée pour me rencontrer, davantage en relation avec les questions sanitaires plutôt qu'avec les observations astronomiques ! Et, j'aurais préféré que cela soit un médecin qui vienne me déranger pour me parler, enfin, d'une solution à nos problèmes d'épidémie …

— Certainement, monsieur le maire, consentit aimablement Arnold Griffin, je comprends bien votre souhait, mais, donnez-moi le temps de vous révéler ce que j'ai à vous dire, vous jugerez après si c'était utile ou pas …

— Soit ! je vous écoute, capitula le maire Rosen avec un grand soupir.

— Vous avez déjà admiré, sans aucun doute, reprit l'astronome, les superbes aurores boréales qui colorent le ciel nocturne d'*Esperanza*, en prenant de superbes teintes qui passent, selon l'altitude, du vert au rose, au rouge et à l'indigo violet.

— Si vous avez l'intention de me faire admirer ces phénomènes auxquels je ne comprends rien, objecta le maire Rosen, je vous préviens à l'avance, cela ne m'intéresse pas !

— Soyez un peu patient, monsieur le maire, pondéra Arnold Griffin sans se démonter.

La mission Mayflower

Comme à son habitude, l'astronome s'exprimait d'une voix sonore, avec un visage expressif et à grand renfort de gestes amples. Il avait le don d'exaspérer ses interlocuteurs avec ce qu'ils considéraient, le plus souvent, comme une comédie et une débauche d'énergie démonstrative inutile.

— Ce spectacle flamboyant est, en réalité, un phénomène très complexe, poursuivit-il, qui résulte de l'interaction entre les particules provenant du vent de l'astre solaire et la haute atmosphère, dans les régions proches des pôles magnétiques. Fort heureusement, le champ magnétique de la planète protège la vie à sa surface en déviant les particules mortelles du vent solaire, et c'est précisément ce qui forme les aurores polaires, aurores boréales dans l'hémisphère nord et aurores australes dans l'hémisphère sud.

— Or, enchaîna l'astronome, les relevés que nous avons pu réaliser, avec les satellites mis en orbite avant notre débarquement sur *Esperanza*, nous révèlent que le champ magnétique du pôle nord, celui de l'hémisphère où nous nous trouvons, est d'une intensité très élevée, beaucoup plus qu'elle ne l'était sur Terre. Cela explique en grande partie pourquoi le climat de l'hémisphère nord de la planète est pluvieux alors que le sud est beaucoup plus sec. Le champ magnétique est à l'origine du réchauffement des eaux du nord et donc responsable d'une évaporation très forte qui influe grandement sur la météo. Mais, outre le fait de produire un halo lumineux extrêmement coloré dans le ciel nocturne, ce champ magnétique est aussi responsable d'un autre phénomène moins visible, mais beaucoup plus nocif pour nous …

— Soyez plus direct, monsieur Griffin, s'impatienta le maire Rosen, allez droit au fait !

— J'y viens, monsieur, répondit Arnold Griffin, j'y viens … L'afflux de particules éjectées par l'étoile solaire entre en collision avec le bouclier que constitue la magnétosphère. Les particules électrisées à haute énergie, électrons, protons et ions positifs, sont alors être canalisées par les lignes de force du champ magnétique pour ioniser les atomes existant dans la haute atmosphère, que l'on nomme précisément ionosphère. Ces atomes de gaz ionisés tels que l'oxygène, l'hydrogène, l'azote et bien d'autres encore, sont accélérés par le champ magnétique polaire et irradient toute la région dans une zone appelée « ovale auroral », où nous sommes. Et, c'est ce bombardement d'atomes ionisés, qui agit comme un accélérateur de particules, qui peut être dangereux pour la vie biologique …

— D'ailleurs, ajouta Arnold Griffin, nous avons fait appel à nos collègues physiciens nucléaires pour entreprendre une campagne de mesures de ces rayonnements de particules ionisées et cela a bien confirmé la dangerosité de ce bombardement qui atteint des énergies pouvant provoquer des dommages à notre santé.

Il y eut une longue pause silencieuse au terme de laquelle le maire Rosen leva les yeux au ciel avant de déclarer :

— Je n'ai pas retenu grand-chose de vos explications scientifiques, Griffin, dit-il, mais, je crois avoir compris que vous venez me prévenir que, non seulement nous sommes sous le coup d'une épidémie qui nous frappe durement, mais, que, en plus, nous devons faire face à un danger qui menace nos cellules biologiques bombardées au quotidien par les méchants atomes ionisés, c'est bien cela, n'est-ce pas ?

— C'est assez bien résumé, monsieur le maire, concéda l'astronome, mais, cela c'était la mauvaise nouvelle …

— Ah bon ! s'étonna le maire Rosen, je n'avais pas noté qu'il pouvait y avoir une bonne nouvelle … laquelle, je vous prie ?

— La bonne nouvelle … enfin, si l'on peut parler ainsi, répondit Arnold Griffin, c'est l'une de mes étudiantes qui me l'a soufflée … Elle prétend que, peut-être, l'épidémie elle-même pourrait avoir comme origine ce bombardement de particules ! Et donc, on aurait ainsi enfin trouvé l'origine de cette maladie que l'on cherche depuis longtemps … Voilà, ce que j'avais à vous dire …

La mission Mayflower

— Comment ça ? répéta le premier magistrat de la ville devenu soudainement intéressé, que voulez-vous dire par « l'épidémie elle-même pourrait avoir comme origine ce bombardement de particules » ? Soyez plus clair je vous prie …

— L'étudiante en question, expliqua l'astronome, a simplement émis l'hypothèse que l'épidémie dont nous souffrons pourrait être causée par le phénomène que je viens de vous décrire, mais, hélas ! Là, s'arrêtent nos compétences car, pour en juger de manière scientifique, nous avons besoin d'une expertise médicale …

— Attendez, mais, ce que vous venez de raconter est d'une importance capitale ! s'exclama le maire Rosen, pourquoi ne pas l'avoir dit avant ? S'il faut demander son avis au corps médical, eh bien … allons'y ! Je vais faire appeler Jeff Winter, et lui au moins, s'il n'a pas la réponse, il saura à qui s'adresser …

XIV -   YOURI ZOLKINE

Tomasz Swacha, Matt Simmons et Steve Baker suivirent Basim pendant près d'une heure à travers les passages escarpés au milieu de la maigre végétation. Le fait même de l'existence de ces chemins dans une nature hostile attestait de la présence d'une intelligence qui les avait tracés. Sous un soleil de plomb, ils parvinrent enfin à proximité d'un massif de roche et, brusquement, ils eurent la surprise de se retrouver face à une dizaine d'individus de la race de Basim, mâles et femelles, qui s'étaient rassemblés pour les accueillir, toujours avec la même bienveillance dans le regard, perceptible par les messages de sympathie transmis en mode télépathe. Il n'y avait aucun signe d'animosité chez ces gens qui les dévisageaient avec une curiosité non dissimulée et, visiblement, ils étaient parfaitement informés de leur arrivée. Ils avaient disposé des vasques remplies d'eau dans le but de permettre aux trois chevaux et à la chienne de se désaltérer.

— Voici … mes amis, dit simplement Basim.

En suivant leur hôte, ils pénétrèrent alors dans des cavités qui s'engouffraient sous le massif montagneux et ils ressentirent aussitôt le contraste frappant de la fraîcheur des lieux avec la fournaise de l'extérieur. Ils suivirent un dédale de galeries éclairées avec des torches enflammées et ils eurent la surprise de constater, en voyant l'aménagement de l'endroit, que c'était là, dans les différentes excavations, où habitaient les autochtones.

Arrivés dans une grande cavité naturelle, ils furent invités à s'installer sur les sièges disposés autour d'une table, le tout étant fabriqué en bois, de façon assez rudimentaire, mais robuste. On leur servit de grands bols d'eau fraîche, avec une pâte cuite ressemblant à des galettes de blé, garnies de quelques baies cueillies par Basim, tandis que deux autres individus venaient les rejoindre et s'assoir face à eux. Ils avalèrent goulûment le liquide mais délaissèrent la nourriture.

> — Notre … communauté … vit ici, déclara Basim. Voici Hasir et Zesse, deux amis … qui se joignent à nous … pour partager notre offrande … en gage d'amitié et de paix.

Hasir était un individu qui ressemblait en tous points à Basim, avec des yeux très clairs, et Zesse était, en apparence, une créature de sexe féminin, avec une tunique blanche, des cils plus longs et des cheveux jusque dans le bas du dos. Les deux nouveaux venus s'étaient approchés tout près des humains, presque à les toucher, pour bien examiner leurs traits et leurs habits.

> — Etes-vous le chef de la communauté ? demanda Matt Simmons en regardant Basim.

> — Non, répondit Basim avec une grimace en guise de sourire, il n'y a pas de … chef … chez nous. Ici … chacun est responsable … et solidaire … de la communauté … du peuple des *Otöbos* … pour un avenir … serein.

Les trois explorateurs se consultèrent du regard, un peu surpris de rencontrer une société aussi peu structurée et qui, à la fois, était dotée d'une grande intelligence et vivait dans des conditions qui semblaient précaires. Le contraste avec le niveau technologique de la civilisation disparue leur paraissait saisissant.

> — Etes-vous les descendants du peuple qui a construit la cité enfouie sous la végétation ? se hasarda Matt Simmons.

> — Oui, répondit Basim, ce sont nos … ancêtres … leur civilisation … a disparu … depuis très longtemps !

> — Comment … comment a-t-elle disparu ? demanda Steve Baker, un peu fébrile à l'idée d'entendre la réponse qu'il redoutait.

> — Comme toute civilisation … qui privilégie … les biens matériels … au détriment du … bonheur des individus, répliqua la créature qui répondait du nom de Zesse.

La mission Mayflower

— Ces civilisations … poursuivit-elle, atteignent une apogée … avant de décliner … vers un destin … celui que vous avez pu observer … la décadence … puis, la disparition totale …

— C'est pourquoi, renchérit Basim, nous ne voulons pas … subir le même sort … nous nous efforçons … de bâtir … une société … où l'épanouissement individuel … prévaut … sur le confort matériel.

— Cela fait … très longtemps … enchaîna-t-il, que nous avons décidé … de bannir … tout progrès technologique … au profit … du développement de l'être … nous préférons … vivre … en nous privant … de l'aspect matériel des choses … pour avoir le temps de méditer … de faire prospérer … l'intelligence individuelle … et collective …

— Si … vous avez réussi … à vous faufiler … à travers les étoiles … pour venir jusqu'ici … ajouta Hasir, le troisième *Otöbo*, c'est que votre civilisation … maîtrise les technologies … n'est-ce pas ? Est-elle … à son apogée … ou bien … a-t-elle atteint … l'heure de son déclin ?

Les trois hommes se regardèrent, un peu surpris par la conversation, qui prenait une tournure qu'ils n'avaient pas imaginée. Pourtant, ils devaient reconnaître que leurs interlocuteurs tenaient des propos cohérents. Cette manière de voir l'avenir des sociétés technologiques les touchait au plus profond, puisqu'ils étaient, eux-mêmes, les héritiers de terriens qui avaient dû quitter leur planète, devenue trop invivable. L'image selon laquelle certaines civilisations qui, après avoir été florissantes, connaissaient un déclin inévitable, pouvait s'appliquer à de nombreux exemples dans l'histoire de l'humanité et le dernier en date avait eu des conséquences dramatiques.

— Notre monde était devenu inhabitable, dit simplement Matt Simmons en évitant de donner des détails, et c'est grâce à la technologie acquise par notre civilisation que nous avons pu, en effet, arriver jusqu'ici pour fonder une colonie.

— Nous … supposons … que vous êtes nombreux, n'est-ce pas ? s'enquit Zesse. Allez-vous … envahir … notre territoire … et nous réduire à l'esclavage ?

La mission Mayflower

La question était directe, mais non dénuée de sens. La nature du dialogue, avec des images et des concepts simples, était propice à ce genre d'échange, sans fioriture. L'interrogation semblait cependant mettre les trois explorateurs dans l'embarras.

— Telle n'est pas notre volonté première, finit par déclarer Tomasz Swacha. Nous souhaitons éviter tout affrontement et vivre en paix, à la condition que notre intégrité ne soit pas menacée. Si cela devait être le cas, nous serions dans l'obligation de nous défendre …

— Où sont … vos amis ? insista Zesse. Pourquoi … venir en éclaireur jusqu'ici … si ce n'est … pour reconnaître … les terres de vos prochaines conquêtes ?

— Nous avons établi notre camp très au nord de cette contrée, expliqua le géologue, bien au-delà des montagnes, et nous sommes venus jusqu'ici parce que nous cherchions à entrer en contact avec les habitants de la cité. C'est lorsque nous étions sur le point de repartir que nous avons rencontré Basim …

— Comment … connaissiez-vous … l'existence … de cette cité ? interrogea Basim.

— La technologie de nos instruments est si perfectionnée que nous avons pu localiser la cité, assura Matt Simmons. Nous l'avons recherchée parce que nous avions découvert les traces d'une vie ancienne dans une caverne proche de notre campement … et nous voulions retrouver les descendants de cette vieille civilisation … c'est-à-dire vous-mêmes !

— Vous êtes … établis … sur les terres maudites … selon les récits mythiques … de nos ancêtres … affirma Hasir, les terres … où se trouvent les *Krogs* !

— Si les *Krogs* sont ces créatures violentes et belliqueuses à demi-sauvages, observa l'archéologue, alors oui, nous les avons rencontrés ! Qui sont-ils ? Et d'où viennent-ils ?

La mission Mayflower

— La … « Légende de l'Ancien Monde » est un … ensemble de récits, transmis par voie orale … depuis la nuit des temps … qui retrace … la genèse … de notre race, déclara Basim.

— Selon cette légende … dit-il, notre peuple … les *Otöbos* … serait originaire … de cette région … située au nord … après les hautes montagnes … Au tout début des temps … cette terre était accueillante … paradisiaque même … selon certains … où nos aïeuls … vivaient paisiblement … de chasse et de pêche.

— Hélas, enchaîna-t-il, nos ancêtres … ont eu … envers les Dieux … un comportement irrespectueux … et ils ont été punis … Les Dieux … ont pris certains *Otöbos* … qu'ils ont transformés … en monstres … ils ont engendré … cette race … d'êtres maléfiques … que l'on nomme les *Krogs* … Puis … les Dieux … ont modifié … les conditions climatiques … de cette terre … pour en faire une contrée inhospitalière … pleine de marécages puants … de sorte que la vie … y devienne impossible.

— Alors … poursuivit-il, nos aïeuls … sont partis … de cette région du nord … pour venir s'installer … plus au sud … où ils ont prospéré … durant une très longue période … Notre … civilisation … a connu un développement … sans précédent … avec une maitrise totale des technologies … Ils se sont étendus … non seulement dans toute la région sud … mais, également sur les autres continents de la planète … ils ont construit … de grandes cités … telle celle que vous avez vue … Celle-ci s'appelait *Shussco* … c'était la capitale … d'un royaume … de grande ampleur … riche et puissant.

— Les *Krogs* et les *Otöbos* seraient donc issus du même peuple ? questionna Matt Simmons.

— Oui, confirma Basim. C'est l'œuvre … des Dieux … qui l'ont voulu ainsi.

— Et que s'est-il passé ensuite ? se hâta de demander Steve Baker.

La mission Mayflower

— Les anciens … nous disent … répondit l'*Otöbo*, que la civilisation … est parvenue à son apogée … puis … suivant une Loi inexorable … le temps du déclin est arrivé …

— Les Dieux … ont voulu … enchaîna-t-il, une nouvelle fois … punir nos aïeux … en les privant … progressivement d'une richesse essentielle … l'eau … De plus en plus … cette région sud … a hérité … de conditions climatiques … de type désertique … tandis que le nord … était toujours … plus abondamment arrosé … la combinaison … de ces deux fléaux … décadence et sècheresse … a eu raison … du royaume flamboyant … qui est devenu … ce que vous avez pu constater … un tas de ruines.

— Plus récemment, ajouta Basim, certaines familles … appartenant à notre peuple … ont voulu revenir … s'établir dans le nord … notre région d'origine … Malheureusement … les *Krogs* … ces « êtres du mal » … ont massacré … ces pauvres *Otöbos* … déracinés … et ne leur ont pas permis … de s'installer là-bas.

— La civilisation disparue n'a-t-elle pas été victime d'une épidémie ? s'enquit le lieutenant Baker, poursuivant dans son idée obsessionnelle.

— Non, affirma l'*Otöbo*, cela n'est pas … la cause de sa disparition … Sa décadence … a été longue … et parsemée d'embellies … qui … à certains moments … ont pu faire croire … aux plus optimistes … qu'un nouvel élan … vers la gloire … et la grandeur … était possible … Mais … l'absence d'eau … a fortement contribué … à rendre … les conditions de vie … inacceptables … C'est pourquoi … quelques-uns d'entre eux … ont tenté … de revenir au nord … d'où … ils ont été … impitoyablement chassés … par les *Krogs*.

— Votre légende fait allusion aux Dieux qui auraient été offensés par l'attitude des anciens *Otöbos*, interrogea Matt Simmons, quels sont ces Dieux qui ont eu le pouvoir de créer les *Krogs* ?

— La Légende … ne le dit pas … clairement … répondit Basim, la tradition … nous apprend … que nos ancêtres … adoraient … les divinités … que sont le « Jour » … et la « Nuit » … qui se

La mission Mayflower

réfugient … sur les sommets enneigés … de la haute montagne … Elle dit aussi … que les Dieux … manifestent leur mécontentement … par les lueurs multicolores … de leur colère … que l'on peut apercevoir … dans le ciel nocturne … C'est le mauvais présage … qui annonce … leur courroux … et qui augure … d'un avenir malheureux … pour ceux qui l'observent.

Les trois voyageurs se cherchèrent du regard pour vérifier qu'ils pensaient à la même chose, les aurores boréales visibles de nuit dans tout l'hémisphère nord, et qu'ils n'avaient pas observées depuis qu'ils étaient arrivés dans le sud du continent.

La mission Mayflower

Jeff Winter franchit le seuil de la porte du bureau du maire Walter Rosen, accompagné d'un homme, à l'allure décontracté. Le maire, en ces moments qu'il jugeait d'importance cruciale pour l'avenir de la colonie, avait souhaité s'entourer de ses adjoints, Horatio Mercadal, Juan Carlos Ortiz et Lexie Graham, auxquels s'étaient ajoutés Arnold Griffin, l'astronome, et Yveleen Carson, la biologiste.

> — Ah ! monsieur Winter, dit le maire Rosen, nous vous attendions avec impatience … mais, veuillez nous présenter ce jeune homme qui est avec vous ?

> — Voici Youri Zolkine, répondit l'infectiologue, c'est un tout jeune radiologue, qui est brillamment sorti major de sa promotion, et qui a un cursus de physicien nucléaire. Lorsque l'on m'a vaguement expliqué la situation, j'ai pensé qu'il serait pertinent de l'amener avec moi, lui qui est bien plus instruit que moi sur toutes les questions concernant les radiations et qui s'est ardemment investi, à mes côtés, dans la lutte contre cette épidémie …

Youri Zolkine était un jeune homme souriant, avec une chevelure bouclée et ébouriffée, visiblement sans aucun complexe malgré son air juvénile, qui salua négligemment de la main le gratin réuni devant lui.

> — Bon, enchaîna le maire Rosen, ne perdons pas de temps, je vais laisser monsieur Griffin vous faire part de ses observations et de son analyse de la situation …

> — Chers amis, commença l'astronome, en résumé, il y a quelques jours, mes élèves et moi-même avons constaté, mesures scientifiques à l'appui, qu'une grande partie de l'hémisphère nord de cette planète fait l'objet d'un bombardement continu de particules ionisées, dont la composition et l'énergie sont variables, au gré des vents solaires de son étoile, et auquel nous sommes bien évidemment soumis.

> — Par un mécanisme complexe, poursuivit-il, mais bien connu des astrophysiciens, le magnétisme polaire d'*Esperanza*, est à l'origine d'un phénomène lumineux atmosphérique, qui se manifeste par de magnifiques aurores boréales multicolores que

La mission Mayflower

l'on peut observer quotidiennement, mais qui a comme conséquence nocive d'accélérer les particules ionisées qui suivent des lignes de force magnétiques jusqu'ici. Nous sommes donc sous l'influence d'un faisceau permanent de radiations qui s'apparente à un rayonnement de type alpha. Nous l'avons mis en évidence de manière indiscutable, mais nous sommes dans l'impossibilité d'en déduire s'il peut provoquer de graves lésions sur certaines cellules du corps humain ...

— C'est la raison pour laquelle, conclut-il, nous avons alerté monsieur le maire et nous sommes dans l'attente d'une expertise médicale pour répondre à cette question ... Ce rayonnement peut-il être la cause de l'épidémie qui frappe la colonie depuis plusieurs mois ?

Arnold Griffin se tourna alors vers son auditoire qui semblait totalement abasourdi d'apprendre la nouvelle dévoilée par l'astronome. A présent, l'assemblée espérait entendre un avis des praticiens et, en premier lieu, de la part de Jeff Winter, l'infectiologue, qui avait été, durant toute la durée de la crise sanitaire, celui qui incarnait l'âme et l'autorité médicale. Mais, à la surprise générale, ce fut le jeune Youri Zolkine qui prit spontanément la parole :

— Je crois pouvoir répondre à la question posée par monsieur Griffin, dit-il d'une voix calme et assurée.

Surpris, les membres de la petite réunion posèrent un regard curieux sur le jeune radiologue.

— Nous vous écoutons, invita le maire Rosen avec un air intéressé.

— Comme vient de nous l'expliquer clairement monsieur Griffin, enchaîna le jeune homme, le mécanisme, conjuguant à la fois les vents solaires de l'étoile la plus proche et l'importance du magnétisme polaire de la planète, agit comme un accélérateur de particules et nous soumet à un bombardement incessant de type alpha. J'ai eu accès, avant de venir ici, au rapport des mesures réalisées par les élèves physiciens nucléaires, qui nous apprend que ce faisceau est constitué de particules de toutes natures, telles que celles d'hydrogène, de carbone ou d'azote, mais également des particules plus rares telles que celles de silicium et même de fer. Ce phénomène est susceptible de provoquer, à la longue, des dommages conséquents sur certains tissus humains …

— Veuillez m'excuser, Youri, mais, il y a une chose que je ne comprends pas, interrompit Yveleen Carson, la biologiste. Avant de procéder au débarquement, des mesures ont été faites en plusieurs endroits de la planète pour déterminer la présence d'éventuelles radiations nocives, et elles n'ont révélé aucune menace … alors, comment expliquez-vous que l'on découvre seulement aujourd'hui un rayonnement aussi préjudiciable pour nous ?

Tout le monde se tourna vers le jeune praticien qui semblait d'une sérénité à toute épreuve.

— Je suis radiologue de profession, dit-il avec un sourire à l'intention de la biologiste, et j'ai quelques notions de physique des particules. Alors, croyez-moi, Yveleen, je suis très bien placé pour savoir qu'en matière d'irradiation, il n'y a pas seulement l'intensité des rayonnements qui compte, mais, la dose accumulée avec la durée d'exposition importe tout autant, sinon plus. C'est pourquoi, ce qui a été mesuré, par précaution, juste avant le débarquement, c'est essentiellement la présence de radiations nocives dont l'intensité pouvait être un danger immédiat pour le corps humain. Mais, il n'a pas pu être estimé la dangerosité de ces mêmes radiations sur le long terme.

Les explications limpides du jeune homme résonnaient encore dans la tête des participants lorsque Youri Zolkine poursuivit son raisonnement :

— Selon certaines publications scientifiques, dit-il, il n'est pas exclus, avec une exposition de longue durée, que des particules ionisées d'atomes lourds, de silicium ou de fer, par exemple, puissent provoquer des lésions irréparables sur certains tissus du corps humain, mais pas sur tous … on peut même dire …

sélectivement, selon l'énergie et la durée de l'exposition ! Bref ! Il s'agit d'un mécanisme nucléaire complexe.

— Il est donc probable, ajouta-t-il, pour répondre directement à la question posée par monsieur Griffin, que les radiations, auxquelles nous sommes soumis depuis de nombreux mois sur *Esperanza*, sont nocives pour, au moins, une catégorie de cellules humaines, celles qui composent le « nœud sinusal », situées au niveau de l'oreillette droite du cœur, et qui est le centre régulateur du rythme cardiaque. Nous pourrons, d'ailleurs, vérifier et confirmer cette hypothèse en organisant une campagne de mesures précises, ce qui est tout à fait à notre portée …

Les paroles prononcées par le jeune radiologue firent l'effet d'une bombe dans l'auditoire. Il y eut un court moment de silence, traduisant l'incrédulité des participants.

— Cela signifierait donc, intervint Jeff Winter, que, depuis le début, nous cherchions en vain un mystérieux agent infectieux qui n'existait pas !

— Exactement ! affirma Youri Zolkine. Ceci explique cela ! Mais, il y a aussi un élément qui semble parfaitement corroborer cette thèse, c'est de constater que nos combinaisons de survie protègent contre cette soi-disant « épidémie ». La raison en est tout simplement que l'intérieur est fait d'une structure métallique qui agit comme une cage de Faraday protectrice. C'est bien la preuve qu'il n'y a aucune cause infectieuse à cette affection, mais, au contraire, c'est la démonstration que l'origine est un rayonnement alpha !

— Je crois pouvoir dire en complément, ajouta Jeff Winter, que cela explique également pourquoi le port du casque de survie permet d'éviter les maux de tête violents provoqués par ces mêmes radiations. Fort heureusement pour nous, ce rayonnement alpha ne causait pas les mêmes dommages sur les cellules du cerveau … mais, seulement quelques céphalées désagréables …

La mission Mayflower

— J'ai tout de même une interrogation, déclara Yveleen Carson, dubitative. Pourquoi, selon cette hypothèse, les créatures qui nous agressent, comme ce Göskh, ne sont-elles pas atteintes comme nous le sommes ?

— Je crois que j'ai la réponse à cette question, dit l'infectiologue. Pour avoir étudié méticuleusement l'anatomise de cette créature, je sais qu'elles ne sont pas faites comme nous, les humains. Leur cerveau est situé au milieu de la poitrine et ils possèdent deux organes qui s'apparentent à notre cœur, placés dans la région ventrale … Il est donc probable qu'ils ne possèdent pas de « nœud sinusal » et que leurs tissus ne soient pas exposés au rayonnement polaire dans les mêmes conditions que les nôtres.

— En revanche, ajouta-t-il, il est possible que les individus de la famille de grands singes, découverts par Matt Simmons dans la grotte aux dessins préhistoriques, morts sans violence quelques dizaines d'années en arrière, avaient une constitution biologique qui s'apparente à la nôtre et qu'ils aient donc été victimes de la même pathologie.

Il y eut alors un long moment de silence durant lequel chacun semblait tenter de digérer les révélations faites au sujet de la pandémie. Puis, le maire Rosen reprit la parole :

— Je suis, pour ma part, dit-il, ravi de ce que je viens d'entendre, parce que, cela signifie que nous avons, enfin, découvert la cause de cette maladie qui a déjà fait plus de cinq cents morts chez les colons. Mais, je suis également sous le coup de la déception, parce que, si j'ai bien compris, nous allons devoir abandonner notre cité pour fuir l'hémisphère nord et nous installer ailleurs à l'abri de ces radiations. N'est-ce pas ?

— Pas du tout ! déclara Arnold Griffin, il nous suffira de construire une protection qui arrête les radiations en amont de la cité. Cela risque d'être un gros travail, mais cela me paraît totalement envisageable. Je ne sais pas ce qu'en pensent nos amis …

La mission Mayflower

— Oui, je suis du même avis, appuya Youri Zolkine. Sous réserve de confirmation par nos collègues physiciens, je pense qu'il est relativement facile de dresser une barrière métallique contre ces rayonnements qui ne sont pas parmi les plus dangereux, seule l'accumulation des doses nous est préjudiciable.

— Alors, s'exclama le maire Rosen, nous allons nous occuper de cette question sans plus tarder !

XV -   LES "OTÖBOS"

Les trois explorateurs étaient pressés de questions de la part de leurs hôtes *Otöbos* qui avaient compris que, désormais, il allait falloir compter avec ces étrangers dont les intentions n'étaient pas très claires. Ils percevaient une gêne et une réticence à répondre à certaines interrogations, sans pouvoir en déterminer la vraie nature.

— Pour être honnête … avec vous, déclara Zesse, nous avons le sentiment … que vous cachez … quelque chose d'important … Nous percevons … une certaine confusion … dans vos esprits … chaque fois que nous vous questionnons … sur les raisons … de votre présence ici … dans cette région de la planète … Que tentez-vous … de nous cacher ?

Une fois de plus, la question était directe et les invités se demandaient jusqu'où ces créatures pouvaient lire dans leur cerveau.

— Vous avez vu juste, avoua soudain Tomasz Swacha, il y a une chose que nous souhaitions garder secrète …

Matt Simmons et Steve Baker, surpris de l'initiative prise par le géologue, se demandaient à quel jeu il était en train de jouer. Les trois créatures face à eux attendaient la confession de Tomasz Swacha :

— Nous n'avions pas envie d'avouer que, peu de temps après notre arrivée sur cette planète, dit-il, notre communauté a été victime d'une maladie mystérieuse que nos médecins ne parviennent ni à diagnostiquer, ni à soigner. Notre venue ici est motivée, comme nous l'avons déjà dit, par la présence de l'ancienne cité, dans l'espoir de rencontrer une vie intelligente, mais aussi pour vérifier que cette maladie n'est pas présente en ces lieux … Voilà ce que nous ne voulions pas vous dire …

La mission Mayflower

Les trois *Otöbos* restaient silencieux, sans doute en train de se concerter en mode télépathe et de juger de la véracité de l'aveu que venait de faire le géologue. Puis, Basim reprit la direction de l'échange :

— Soyez … remerciés … pour votre franchise, dit-il, nous sommes tristes … d'apprendre … que vos semblables … sont victimes … d'un fléau qui vient … une nouvelle fois … confirmer que … cette contrée du nord … est maudite des Dieux … Cela signifie donc … que vous pourriez quitter … la région du nord … pour vous installer … dans cette partie sud … de notre monde ?

— C'est, en effet, une hypothèse que nous n'écartons pas, reconnut le géologue.

Un nouveau silence vint ponctuer ce court dialogue, laissant supposer que les trois créatures se concertaient au sujet de l'aveu que venait de faire le terrien.

— Le pays est vaste … reprit Basim, il est envisageable … d'en partager l'espace … ici … vous avez pu le constater … les conditions de vie … ne sont pas très faciles … Le manque d'eau … et la sécheresse des sols … interdit les récoltes agricoles … ainsi que la pratique de l'élevage … d'animaux domestiques …

— Je perçois dans vos propos une crainte, provoqua Tomasz Swacha, de la part de votre peuple, de voir arriver ici une population étrangère venue d'un autre monde, et je la comprends. Alors, autant parler franc, notre installation dans le sud du continent risque d'amener des tensions entre nos deux communautés et il faudra, si cela arrive, fixer clairement les règles de notre cohabitation.

— Parlez-vous … au nom de votre communauté … demanda Zesse avec insistance, ou bien … est-ce une position personnelle ?

— Je parle en mon nom, répondit le géologue, mais je suis persuadé que ce sera la position du chef de notre communauté.

— Bous verrons bien … le moment venu … conclut Basim avec des paroles d'apaisement.

La mission Mayflower

La tension avait légèrement augmenté au cours des derniers échanges et la sagesse de Basim la fit aussitôt retomber.

— Vous avez dit, intervint Matt Simmons qui avait peu parlé jusqu'ici, donner votre préférence à la méditation et au développement de l'intelligence personnelle plutôt qu'à l'aspect matériel des choses. Pouvez-vous nous dire ce que cela vous apporte concrètement ?

Les trois hôtes restèrent un court moment, immobiles et silencieux en apparence, sans même échanger un seul regard. Soudain, le pichet d'eau, modelé avec une pâte argileuse séchée, se souleva, comme par enchantement, et vint resservir en eau fraîche les trois bols des voyageurs. Ceux-ci étaient stupéfaits et n'en croyaient pas leurs yeux.

— Comment faites-vous ce tour de magie ? questionna Matt Simmons avec un air d'enfant enchanté.

— Cela n'est pas ... de la magie ... déclara Basim, c'est le résultat ... d'un long travail sur l'esprit ... et la preuve de la primauté de l'intelligence ... sur la matière.

— Quels autres pouvoirs extraordinaires pouvez-vous nous montrer ? questionna l'archéologue.

— Je puis vous montrer ... quelque chose de moins attrayant ... déclara Zesse avec une sorte de sourire.

Quelques instants plus tard, les trois humains furent pris d'une forte migraine qui devenait de plus en plus lancinante. Ils montraient leur souffrance en se prenant la tête entre les mains et en geignant de douleur.

— Pitié, assez ! parvint à articuler péniblement Matt Simmons.

Mais le supplice ne faiblissait pas et ils étaient au bord de la perte de connaissance, lorsque, d'un seul coup, ce fut la fin de leur calvaire. Steve Baker, qui était tombé de son siège, sortit par réflexe son arme laser de son étui.

— Ne refaites jamais ça ! dit-il furieux, où bien ...

La mission Mayflower

A cet instant précis, une force invisible lui arracha l'arme de la main et ils virent, tous trois, le pistolet laser s'envoler au-dessus de la table pour atterrir tout près de l'*Otöbo*.

> — Du calme, dit simplement Tomasz Swacha, du calme … s'il vous plaît !

> — Vous avez souhaité voir … ce que nous étions capables de faire … déclara Zesse. Voilà un aperçu … des facultés que nous a apporté la méditation … et le travail de l'intellect …

L'*Otöbo* se leva et, avec une attitude naïve, remit l'arme du lieutenant en mains propres. Celui-ci, en professionnel du combat, dut reconnaître la supériorité de leurs hôtes et reprit lentement son calme :

> — Je vous prie de m'excuser, dit-il, mais la douleur est mauvaise conseillère.

> — C'est exact ! intervint Basim, si nous en avons la possibilité … nous pourrons vous donner quelques conseils … pour résister un peu mieux à la douleur … C'est … là aussi … une question de volonté …

Les trois humains se demandaient jusqu'à quel point leurs hôtes étaient entrés dans une sorte de jeu, consistant à démontrer qu'en cas de rapport de force, il allait falloir compter avec les facultés mentales des autochtones.

Après cette épreuve de courte durée, leurs hôtes tentèrent de renouer de bonnes relations en leur servant à nouveau de l'eau fraiche, ce qui était, apparemment, le geste le plus cordial qui puisse être démontré dans ces contrées à demi désertiques. Matt Simmons posa, alors, la question qui lui trottait dans la tête depuis le début de leur rencontre :

> — Vous avez fait référence à ces traditions orales, dit-il, que vous nommez « la Légende de l'Ancien Monde », mais, n'avez-vous aucune trace écrite de cette civilisation développée laissée par vos ancêtres ?

La mission Mayflower

— Oui, répondit Basim, nous avons retrouvé … de nombreux supports écrits … dont se servaient nos aïeux … nous les conservons avec soin.

— Et que disent ces écrits ? demanda l'archéologue avec une curiosité non dissimulée.

— Nous l'ignorons … avoua piteusement l'*Otöbo*, nous avons perdu la connaissance … qui permet de déchiffrer ces textes … Aujourd'hui … et depuis longtemps … nous communiquons entre nous par télépathie … et nous n'avons nul besoin … de langue parlée ou écrite.

Les trois invités échangèrent un regard médusé, tant la chose leur paraissait surprenante. Mais, Matt Simmons jubilait intérieurement.

— Seriez-vous intéressés à ce que nous tentions de déchiffrer ces supports, demanda-t-il en cachant le plus possible son empressement.

— Sauriez-vous le faire ? questionna Basim l'air intéressé.

— Nous pouvons essayer en tout cas, le rassura l'archéologue, puisque c'est précisément ce que je sais faire le mieux …

— C'est étrange … s'étonna l'*Otöbo*. Vous voulez dire … que c'est votre occupation principale ?

— Non, mais la formation que j'ai reçue me donne toutes les chances d'y parvenir, déclara Matt Simmons, avec l'aide des outils technologiques en notre possession.

La mission Mayflower

Après le retour au bercail des cinq explorateurs depuis l'hémisphère sud, Walter Rosen avait convoqué le maximum de personnes pouvant s'entasser dans son bureau étroit, dans le but de débriefer leur périple. Outre Tomasz Swacha, Matt Simmons et Steve Baker, on trouvait Horatio Mercadal, Jeff Winter, Arnold Griffin, Youri Zolkine et Yveleen Carson. Madison Cox et Bryan King, qui n'avaient pas eu la chance d'aller au bout de l'aventure, n'étaient pas présents, manque d'espace oblige.

— Il y a quelques semaines, déclara le maire Rosen en introduction, nous étions dans une situation presque désespérée et je ne voyais pas d'issue à la crise sanitaire qui frappait la colonie. Aujourd'hui, avec un peu de chance, mais aussi grâce à l'esprit d'initiative de certains d'entre vous, nous pouvons être plus optimistes concernant l'avenir de notre petite communauté.

— Je rappelle, pour ceux qui n'auraient pas tout suivi, poursuivit-il, qu'après avoir cherché vainement une cause infectieuse à cette terrible maladie qui a fait plus de cinq cents morts, nous avons découvert qu'il s'agissait d'une affection provoquée par un rayonnement alpha qui détruisait les cellules formant le « nœud sinusal », centre de régulation du rythme cardiaque. Pour nous protéger, nous avons entrepris la construction d'un filet métallique suffisamment grand pour arrêter ces radiations et mettre fin à cette épidémie.

— Pendant ce temps, ajouta le maire Rosen, certains d'entre vous sont partis dans la zone sud du continent pour, à la fois, tenter de retrouver une civilisation intelligente, mais aussi, pour évaluer, le cas échéant, les conditions de survie dans cet hémisphère. Ils reviennent de leur voyage avec des informations importantes pour notre colonie, et je vais laisser Tomasz nous raconter la suite …

— Bonjour les amis, dit Tomasz Swacha, nous sommes heureux de vous retrouver et d'apprendre les bonnes nouvelles que vient de rappeler monsieur le maire. Je peux, immédiatement, vous en annoncer une autre, c'est que nous pouvons vivre sans combinaison de survie dans la partie de l'hémisphère sud que nous avons explorée.

— Je vais passer très vite sur les détails de notre voyage maritime, enchaîna-t-il, mais, globalement, les choses allaient bien jusqu'à ce que l'on atterrisse sur la côte sud du continent. A partir de cet instant, nous avons été confrontés, comme prévu au départ, à une nature hostile, dont les conditions s'apparentent à celles d'un désert continental, très chaud le jour et plutôt froid la nuit. Nous avons eu plus de mal que prévu pour nous ravitailler en eau potable, mais cela ne nous a pas empêché de rejoindre le « point alpha ».

— En chemin cependant, poursuivit-il, la troisième nuit, nous avons été attaqués par une espèce de rapaces nocturnes, les *"schylls"*, totalement affamés, et nous avons dû abandonner Madison et Bryan avec deux chevaux et un chien mal en point, tandis que nous poursuivions avec trois chevaux valides et la chienne Rika qui n'avait pas de séquelles importantes.

— Arrivés au « point alpha », continua-t-il, nous avons trouvé les ruines d'une ancienne cité, au milieu d'une végétation envahissante, où nous avons pu constater les traces manifestes d'une civilisation avancée aujourd'hui disparue …

Et, joignant le geste à la parole, le géologue manipula une télécommande pour faire apparaître une série d'images montrant les le mur à demi détruit et les habitations dévastées. Quelques vues étaient prises de l'intérieur, mais la plupart révélaient un aperçu extérieur des habitations et de leurs structures étonnantes. Quelques autres étaient consacrées au bâtiment public et à son inscription sur le fronton de la porte d'entrée.

— Voici la cité nommée *Shussco*, dit-il, comme l'appellent les *Otöbos*, ces créatures que nous avons rencontrées un peu plus tard. Comme vous pouvez le constater, nous avons affaire à une véritable ville, avec des avenues bordées de maisons individuelles, dont la caractéristique étrange est la forme circulaire qui autorise une orientation variable en cours de journée, sans doute pour profiter de la luminosité de l'astre solaire. De quoi faire rêver note ami architecte, Juan Carlos Ortiz, n'est-ce pas ?

— Mais, le plus surprenant, continua le géologue, c'est notre rencontre avec un descendant direct de la civilisation disparue. C'est la chienne Rika qui a alerté de sa présence, et nous l'avons surpris alors qu'il était tranquillement en train de cueillir des baies sauvages. Voici à quoi ressemble Basim … grâce à un cliché furtif, pris par Steve au tout début de la rencontre, parce qu'ensuite, nous n'avons pas eu l'occasion de renouveler cette expérience, vous allez comprendre plus tard pourquoi …

La photo montrait l'inconnu, d'apparence tranquille, en train de les regarder venir dans sa direction. Tous furent frappés par la disproportion de la tête, posée sur un corps frêle de grande taille, et par le regard plein de mansuétude qu'arborait l'individu.

— A notre grande stupéfaction, poursuivit Tomasz Swacha, nous avons pu communiquer avec lui. En réalité, il ne parlait pas, il n'en avait pas besoin. Nous ressentions des stimuli, arrivant directement dans le cerveau, des images, des sons et aussi des émotions. C'est une impression très étrange que de pouvoir dialoguer de la sorte avec un extraterrestre, comme si nos neurones étaient branchés directement sur les pensées de l'individu. C'est une expérience extraordinaire …

— Et que vous a-t-il « dit » ? s'empressa de demander le maire Rosen.

— Il a dit appartenir au peuple des *Otöbos*, précisa le géologue. Il nous a invité dans les grottes naturelles où il habite avec une communauté de ses semblables et nous avons partagé ce qu'il y a de plus précieux dans cette partie du continent, l'eau. Puis, Basim nous a fait part de l'histoire de son peuple qui leur a été légué sous forme de légendes, transmises par voie orale. Il a avoué que lui et ses siens, n'ayant aucun besoin d'écrire pour communiquer, ont perdu la connaissance de la langue écrite de leurs ancêtres alors qu'ils possèdent une multitude de textes anciens qu'ils sont incapables de déchiffrer.

— Selon ces légendes, ajouta-t-il, leurs aïeux sont partis de l'hémisphère nord d'où ils sont originaires, ce qui confirme que les dessins que nous avons trouvés dans la grotte est bien l'œuvre de leurs ancêtres. Comme dans toutes les légendes, il y a une part de fabuleux et de mystique qui vient inévitablement se glisser. Celle-ci prétend qu'à une certaine époque, mécontents du comportement de leurs anciens, les Dieux ont fait en sorte que les terres du nord soient transformées en marécages puants et qu'ils ont changé des *Otöbos* en *Krogs*, alias les « êtres du mal », ces créatures belliqueuses qui nous ont agressés.

— Dès lors, dit-il, leurs aïeuls ont fui pour venir s'installer dans le sud où ils ont créé une civilisation technologique développée sur tout le reste de la planète. Ce sont les ruines de cette civilisation que vous avez pu voir précédemment. Nos hôtes ont constaté que toutes les puissances à base de technologies connaissent inexorablement un destin décadent, et c'est ce qui s'est passé avec celle de leurs ancêtres, d'autant plus que les Dieux ont frappé de sècheresse les terres du sud. Persuadés que les sociétés basées sur le bien-être matériel obéissent inévitablement à des cycles immuables qui les destinent au déclin, les *Otöbos* ont retenu la leçon et ils ont alors privilégié le développement des facultés mentales à celui des sciences et des technologies. C'est, sans doute, la raison pour laquelle ils ont acquis un cerveau de taille conséquente ...

Le géologue fit une courte pause pour reprendre son souffle, boire une gorgée d'eau et s'assurer que son auditoire était toujours intéressé. Rassuré sur ce point, Tomasz Swacha reprit son exposé :

— Vous vous demandez, peut-être, dit-il, si cette stratégie les a conduits à un résultat concret dans le domaine du cérébral ... eh bien, nous avons pu nous en rendre compte à l'occasion d'un incident qui a émaillé notre visite chez les *Otöbos* ...

La mission Mayflower

— Basim nous a fait rencontrer deux de ses amis, enchaîna-t-il, Hasir et Zesse, sans doute parce qu'il avait besoin d'aide pour tenter de répondre à la question qui l'obsédait : Qu'est-ce que nous étions venus faire jusque sur les terres de l'hémisphère sud ? Avec la crainte que nous décidions d'envahir leur espace, bien sûr … Les trois *Otöbos* n'avaient de cesse de nous harceler de questions autour de cette thématique et je sentais bien que leur esprit surpuissant essayait de s'immiscer dans nos cerveaux pour avoir la vérité.

— Puis, Zesse a posé directement la question … poursuivit-il, et j'ai préféré donner la version réelle de nos intentions, à savoir que nous étions en reconnaissance d'un lieu où la maladie qui nous frappait était absente … j'ai bien vu que je choquais mes copains, Steve et Matt, mais, ne connaissant pas l'efficacité réelle de leurs facultés mentales, j'avais la certitude qu'il fallait jouer franc-jeu … à partir de cet instant, nous avons ressenti l'inquiétude de nos hôtes, et, à l'occasion d'une question bénigne de la part de Matt, qui demandait ce que la stratégie de méditation les rendaient capables de faire, ils ont voulu nous montrer clairement que, le cas échéant, le rapport de force ne serait peut-être pas en notre faveur …

— Que s'est-il passé alors ? interrogea le maire Rosen, curieux d'entendre la suite.

— Nous avons assisté, continua le géologue, à une démonstration de force, avec, en premier, le pichet d'eau qui s'est baladé, tout seul, pour servir nos bols, comme par magie … mais, surtout, ils ont provoqué une migraine sévère dans nos têtes à un point tel que cela n'était plus supportable. Lorsque cela a cessé, Steve a sorti son arme pour intimer l'ordre aux trois individus de ne pas recommencer, et, à notre grande surprise, Zesse a réussi à lui subtiliser son arme, grâce à un tour de télékinésie !

Aussitôt, les membres de la petite assemblée se mirent à parler fort, tous en même temps, et à poser un tas de questions dans un énorme brouhaha.

La mission Mayflower

— Cela a été une preuve furtive, mais efficace, reprit-il lorsque le silence fut revenu, que les séances de méditation auxquelles s'astreignent nos amis *Otöbos* les dotent d'un pouvoir immatériel fort surprenant !

— C'est extraordinaire ! s'extasia le maire Rosen. Pensez-vous qu'ils possèdent un pouvoir qui puisse les placer en position de force en cas de conflit avec nous ?

— Ça je l'ignore, concéda Tomasz Swacha, toujours est-il qu'à présent, nous sommes prévenus …

— Je pense en qualité d'expert en matière d'art de la guerre, se risqua Horatio Mercadal, qu'ils ne vous ont montré qu'une partie de leurs pouvoirs. C'est juste pour impressionner, mais sans laisser découvrir ce qui doit être leur arme maitresse ! Qu'en pensez-vous Steve ?

— C'est fort possible, répondit le lieutenant Baker, mais cela peut être aussi un coup de bluff, montrer ce qu'ils savent faire, en nous laissant croire qu'ils ont d'autres cordes à leur arc… difficile à dire …

— Donc, si je résume, déclara le maire Rosen, dans l'hypothèse où nous devrions envisager de déménager dans l'hémisphère sud, nous aurions à nous soucier du climat, quasiment désertique, et de l'accueil vraisemblablement inamical de la part des autochtones dont nous ignorons la force réelle, c'est bien cela n'est-ce pas ?

XVI -   Tomasz Swacha

Les participants à la réunion, perplexes, ne disaient rien, sans doute par manque d'intuition, puis, Horatio Mercadal se jeta à l'eau :

— Mon conseil, monsieur le maire, dit-il, serait d'éviter la confrontation avec cette communauté, parce qu'à présent, elle sait que nous existons et elle peut se préparer à une stratégie contre notre venue. D'ailleurs, nous avons tout le temps d'y songer, car, ici, nous ne manquons pas d'espace pour un développement serein pendant plusieurs siècles, en ignorant l'hémisphère sud et ses occupants !

Etant donné le silence des autres, le maire Rosen semblait avoir fait le tour de la question et s'apprêtait, manifestement, à interrompre les débats et conclure, lorsque Tomasz Swacha se leva et demanda la parole :

— Si vous le permettez, monsieur le maire, dit-il, j'aimerais avoir l'opportunité de vous faire part d'une opinion qui n'est pas en accord avec ce qui vient d'être dit.

— Vous avez la parole, accepta le maire Rosen.

— J'ai beaucoup parlé avec Matt et les autres sur le chemin du retour, dit le géologue, et nous sommes sensiblement du même avis. En tout premier lieu, nous pensons que les légendes des *Otöbos* nous apportent des éléments intéressants à prendre en considération pour retracer ce qui s'est passé sur cette planète depuis 20.000 années environ.

— Vous pensez vraiment cela ? s'étonna le premier magistrat de la ville.

La mission Mayflower

— Oui, monsieur, répondit Tomasz Swacha. Nous avions déjà un avis, mais, avec ce que nous avons appris de ce qui s'est passé ici durant notre absence, nous sommes confortés dans notre opinion. Et vous allez voir que, d'une certaine façon, cela n'est pas sans relation avec ce qui nous est arrivé depuis que nous avons débarqué sur *Esperanza*.

— Nous vous écoutons, dit le maire Rosen.

— Il y a donc 20.000 ans, enchaîna le géologue, le magnétisme du pôle nord a été modifié par un phénomène naturel, sans doute dû aux mouvements du fer liquide qui est présent dans le noyau de l'astre, pour devenir de plus en plus puissant. Cela n'est pas rare dans la vie d'une planète, Arnold Griffin pourrait en parler mieux que moi. A cette époque, les *Otöbos* vivaient dans les cavernes et dessinaient sur les parois les animaux qu'ils chassaient. Progressivement, l'amplitude croissante du champ magnétique a eu deux conséquences importantes.

— La première, dit-il, a été de modifier le climat en réchauffant fortement l'océan proche du pôle pour créer une zone dépressionnaire. Cela a provoqué la présence permanente d'un air chaud qui a alimenté un système nuageux arrosant cette partie nord du continent, jusqu'à saturer les terres. Les hautes montagnes du centre du *Ponant* ont contribué amplement à arrêter les nuages et priver ainsi l'hémisphère sud du régime pluvieux qui existait auparavant. Ceci explique la climatologie de la planète que nous avons trouvée en arrivant, et plus particulièrement de ce continent …

— La seconde conséquence, encore plus grave, poursuivit-il, a été de bombarder toute la zone nord de particules ionisées, celles-là mêmes qui sont à l'origine de l'affection dont nous avons souffert, et qui a provoqué de multiples mutations génétiques chez les *Otöbos*. Ce ne sont donc pas les Dieux courroucés qui ont engendré les *Krogs*, mais bien les radiations qui ont été de plus en plus énergétiques dans cette région de la planète.

La mission Mayflower

— Le caractère agressif de cette nouvelle espèce, ajouta-t-il, leur a permis de se développer rapidement et a forcé les autres *Otöbos* à fuir vers l'hémisphère sud où ils ont pu prospérer et fonder une civilisation avancée qui est aujourd'hui disparue. Sans doute, ce déclin est-il dû, en partie, comme le pense Basim et ses amis, au destin inexorable des civilisations qui finissent toujours par s'éteindre, mais, aussi, parce que le climat, de plus en plus désertique du sud, les y a fortement aidé. Voilà quelles sont nos conclusions, corroborées à la fois par les légendes millénaires des *Otöbos* et par les observations que nous avons faites en débarquant ici ...

Tous les membres de la petite assemblée avaient écouté l'exposé du géologue avec attention et chacun pouvait mesurer la pertinence de son argumentaire.

— Bravo ! félicita le maire Rosen, bravo pour cette brillante explication qui ne manque pas de clarté et de justesse ...

— C'est tout à fait plausible en effet, intervint Horatio Mercadal, mais je ne vois pas ce qui est en contradiction avec ce que je préconisais juste avant.

— J'y viens ! rétorqua Tomasz Swacha, et, là c'est le géologue qui vous parle ... Ce phénomène de magnétisation du pôle est en perpétuel mouvement car il suit les déplacements du fer en fusion dans le noyau de la planète. Il est donc fort possible que son amplitude change au cours du temps, elle peut augmenter encore, tout comme elle peut diminuer, voire, le champ magnétique peut changer de direction ... Bref ! nous ne pouvons connaître aujourd'hui comment la situation évoluera demain, même si « demain » signifie sans doute « dans de nombreuses années » ...

— Donc, poursuivit-il, si nous ne voulons pas être obligés, un jour prochain, de fuir en catastrophe cet hémisphère, avec tous les inconvénients que cela comporte, nous pensons qu'il vaut mieux se préparer le plus tôt possible en jetant les bases de notre colonie dans le sud. Et puis ... il y a une seconde raison, plus tactique celle-là … nous considérons qu'il est préférable d'investir, maintenant, une région située à proximité des *Otöbos*, pendant que nous bénéficions de l'effet de surprise …

— Nous ne connaissons pas très bien, il est vrai, ajouta le géologue, toutes les facultés que cette race a développées au cours des siècles derniers, mais, si nous décidons de nous installer là-bas dans quelques siècles, comme le préconise monsieur Mercadal, qu'en sera-t-il de leurs pouvoirs ? Nous l'ignorons encore plus … d'autant qu'ils seront prévenus de notre arrivée et qu'ils auront le temps de s'y préparer … puisque les facultés de leur cerveau ne sont pas acquises spontanément !

— Je trouve les arguments de monsieur Swacha indiscutables ! s'exclama le maire Rosen. Quelqu'un a-t-il des objections à formuler ?

Et, joignant le geste à la parole, Walter Rosen parcourut l'assemblée d'un regard circulaire à la recherche d'un interlocuteur. Yveleen Carson, la biologiste leva la main pour intervenir :

— Tomasz, dit-elle, vous préconisez d'installer le plus tôt possible une antenne de la colonie dans l'hémisphère sud, n'est-ce pas ?

— Oui, Yveleen, confirma le géologue.

— J'ai bien entendu vos arguments, poursuivit-elle, et je pense qu'ils sont pertinents. Mais, vous l'avez dit vous-même, l'hémisphère sud manque cruellement de l'eau qui sera nécessaire pour avoir une vie décente à défaut d'être confortable. Comment envisagez-vous de résoudre cette question cruciale ?

— Pour répondre à cette question, dit sereinement Tomasz Swacha, je vais remettre un court instant ma casquette de géologue. Il ne vous a pas échappé, qu'au centre du continent, il y a une chaîne montagneuse de très grande dimension, avec des sommets culminant au-delà de 9.000 mètres d'altitude. La fonte des neiges est permanente et produit des ruissellements d'eau sur les deux flancs, le flanc nord et le flanc sud, donc, il devrait y

La mission Mayflower

avoir, à proximité de la base montagneuse, autant d'eau d'un côté comme de l'autre. D'ailleurs, les *Otöbos* nous ont proposé de l'eau fraîche, et comme ils n'ont pas de réfrigérateur, c'est qu'elle provenait d'une source située sous la montagne, dans la roche où sont leurs cavernes, creusées vraisemblablement par des écoulements d'eau millénaires.

— Nous avons la technologie, ajouta-t-il, pour trouver des sources d'eau, à condition de s'installer, en un premier temps, à proximité de la montagne. Par la suite, nous verrons bien, nous pourrons également procéder à la désalinisation de l'eau pompée dans l'océan pour irriguer les terres. Je ne suis pas inquiet à ce sujet …

— D'autres questions ? s'enquit le maire Rosen.

Ce fut au tour d'Horatio Mercadal de demander la parole :

— Monsieur Swacha, dit-il, votre approche consiste donc à prendre pied, au plus tôt, sur l'autre hémisphère avec le risque d'entrer en conflit avec cette race, les *Otöbos*, qui doit se considérer, à juste titre, propriétaire des lieux. Comment pensez-vous négocier l'appropriation de ces nouvelles terres dans cette région, sans courir le risque d'une guerre avec eux ?

Le géologue sembla réfléchir quelques instants à sa réponse, puis, il fixa le chef de la sécurité droit dans les yeux :

— Je ne suis pas un homme politique, dit-il d'une voix empreinte d'émotions, mais, je crois que l'humanité doit apprendre de ses erreurs. Nous ne devons pas agir avec cette race comme nos ancêtres l'ont fait avec les indiens d'Amérique du nord, les « Premières Nations », c'est-à-dire, non seulement spolier les autochtones de leurs terres, mais, ensuite les parquer dans des réserves où ils ont été condamnés à vivre de manière indécente.

— Nous devons garder à l'esprit que nous ne sommes pas chez nous, poursuivit-il, et que nous serons redevables envers les habitants natifs de cette planète pour toujours. Alors, pour répondre à la question de monsieur Mercadal, qui est fondamentale, je pense que nous devrons être attentifs à satisfaire les exigences des *Otöbos* … quelles qu'elles soient !

— Cependant, cela n'engage que moi, ajouta-t-il aussitôt, mais, j'ai le sentiment que cette race qui, je vous le rappelle, a abandonné toute idée de confort matériel, ne souhaitera pas un dédommagement sous forme d'argent, qui ne signifie rien pour elle, ni même sous forme de biens matériels. Mon sentiment est qu'ils préféreront, en retour de la location de leurs terres, une compensation immatérielle comme de la reconnaissance, de la considération, du respect, la liberté de circuler ou bien tout simplement la paix entre les peuples … mais, je peux me tromper …

Jeff Winter leva la main pour être autorisé à prendre la parole :

— Monsieur le maire, dit-il, ce que vient de dire monsieur Swacha est très important. Il a entièrement raison de poser comme principe de base que nous ne sommes pas propriétaire de cette terre et que nous devrons garder cela en mémoire pour toujours. J'ajouterais, si vous le permettez, que nous devrons également veiller à ne pas contaminer les populations autochtones, tout comme nous devrons être prudents à ne pas contracter de maladies indigènes contre lesquelles nous ne pourrions être immunisés. Dans les deux cas, les conséquences seraient dramatiques ! Souvenez-vous de ce qui est arrivé aux indiens d'Amérique du sud à la suite de l'invasion de leurs territoires par les *conquistadores* espagnols, des épidémies dévastatrices, des massacres inutiles et l'esclavage en prime !

— Je suis bien conscient de tout cela, déclara solennellement le maire Rosen, et je vous assure que, tant que je serai le premier magistrat de cette cité, je m'efforcerai de ne pas répéter ces heures abominables que l'humanité a subi et a fait subir !

Ce furent les derniers propos de cette réunion qui fit date dans l'histoire de la colonisation d'*Esperanza*.

La mission Mayflower

La suite des événements donna entièrement raison à Tomasz Swacha.

Accompagné d'une poignée de colons, parmi lesquels figuraient Matt Simmons, Steve Baker, Yveleen Carson, Madison Cox et Bryan King, il retourna voir Basim et ses amis pour leur demander la permission de s'installer ainsi que les éventuelles compensations souhaitées en contrepartie.

Chez les *Otöbos*, non seulement la notion de chef n'existait pas, ce qui était un véritable handicap dans le processus de prise de décision collective, mais, de plus, en regard de leur territoire, le concept de propriété leur était étranger, sans doute en raison du fait qu'ils étaient, eux-mêmes, consciemment ou pas, déracinés de la terre d'origine de leurs ancêtres qui venaient de l'hémisphère nord. C'est pourquoi, ils ne demandèrent aucune contrepartie en compensation de la cession d'une partie de leur territoire.

Les terriens fondèrent donc une seconde ville dans l'hémisphère sud, tout près de la côte et à proximité des massifs montagneux, qu'ils nommèrent « *Ankamos* », du nom que les *Otöbos* donnaient aux plus hauts sommets enneigés, et qui fut placée sous la responsabilité administrative du géologue, Tomasz Swacha. Comme il l'avait laissé entendre, les colons trouvèrent des sources souterraines qui permirent d'alimenter la ville en eau potable. Ils installèrent, peu après leur arrivée, une station de désalinisation de l'eau pompée dans l'océan situé à quelques kilomètres qui ouvrait la voie à une agriculture intense et à une autonomie alimentaire.

Au nord, afin d'éviter que les *Krogs* soient parqués dans des réserves, il fut décidé de doter les abords de la cité de « Mayflower » avec des émetteurs ultrasons, délivrant des fréquences insupportables pour les oreilles des autochtones et inaudibles pour les humains. Un gigantesque mur métallique fut érigé, faisant obstacle à la propagation des ondes ionisées grâce à l'effet Faraday induit, dans le but de se protéger du bombardement incessant des radiations venues du pôle nord.

Les colonies de l'hémisphère nord et sud prirent un essor fulgurant avec une croissance économique vertigineuse. Bientôt, ils inaugurèrent

La mission Mayflower

la première fabrique de panneaux solaires, étape indispensable pour la production d'énergie électrique verte et bon marché. Quelques années plus tard, ils inauguraient la première usine de microprocesseurs, une autre avancée indispensable dans l'atteinte de l'objectif visant à l'obtention d'une indépendance technologique. En effet, les outils qu'ils avaient emmenés avec eux en débarquant arrivaient au terme de leur durée de vie et il fallait absolument acquérir la connaissance technique pour les renouveler.

Fort heureusement, ils avaient emmené avec eux de multiples encyclopédies du savoir, et ce dans tous les domaines, de telle sorte que, en cas de besoin, il était toujours possible d'acquérir les connaissances nécessaires pour se lancer dans une activité de base ou bien de pointe. Mais, ce qui allait être, à la fois, le plus essentiel et le plus difficile, durant les longues années de croissance à venir, c'était de fixer les règles d'une organisation politique, sociétale et économique, stables et en harmonie avec les objectifs fixés par le « Manuel du commandement ». Au chapitre : « *Principes impératifs pour assurer la survie de la mission Mayflower* », on trouvait les trois « règles d'or » à respecter absolument, sous peine de remettre en cause l'avenir de la mission.

La règle d'or N° 1 stipulait : « *Veiller à garder un contrôle politique unique et ne jamais concéder ni indépendance ni autonomie à aucune des nouvelles colonies créées* ». Plus loin, il était indiqué que : « *A partir de l'expérience acquise sur Terre, on a constaté que, tôt ou tard, les colonies lointaines avaient exercé une résistance, vis-à-vis du pouvoir central, pour obtenir leur indépendance, de gré ou de force, y compris par la lutte armée, et qu'elles y étaient toujours parvenues. L'une des causes principales de conflit entre colons est la division politique qui en découle, inévitablement à terme. C'est pourquoi il faudra préserver, quoi qu'il en coûte, un pouvoir politique unique et stable contrôlant l'ensemble des différentes colonies. C'est à ce prix que la paix entre colons sera durable … * ».

La règle d'or N° 2 était relative à l'organisation sociale : « *Veiller à conserver un équilibre juste entre les libertés individuelles fondamentales et l'intérêt collectif de la vie en communauté* ». Sur le

La mission Mayflower

vaisseau *Mayflower*, la vie en communauté sous l'autorité exercée par le commandant n'avait jamais été remise en question car elle s'imposait d'elle-même. Durant tout le voyage, il n'était venu à l'idée de personne de contester l'autorité afin de bénéficier de certaines libertés individuelles qui s'opposent à la discipline collective. Tous acceptaient de perdre quelques libertés fondamentales individuelles dans l'intérêt supérieur de la vie communautaire.

Mais, comme le mettait en garde le manuel, les choses risquaient d'être vues différemment par la suite : « *Une fois la colonie développée, rassasiée et affranchie de tous les dangers, il sera beaucoup plus difficile d'endiguer certaines aspirations individuelles légitimes à vivre selon des règles plus personnelles et néanmoins néfastes pour la communauté. L'envie et même le besoin de retrouver ses libertés fondamentales reprendront inévitablement leur droit. La liberté d'expression, la liberté de conscience ou encore la liberté d'opinion hanteront les esprits des colons redevenus citoyens libres* ».

Dans le même texte, on pouvait lire quelques dangers : « *La liberté de conscience devra être accordée avec quelques restrictions. A titre d'exemple, la liberté de culte, celle qui donne le droit de croire ou non en un dieu, devra être proscrite, comme elle l'était sur le navire, durant tout le voyage. Là encore, l'expérience de la vie sur Terre nous enseigne que la religion a été, de tous temps, une source inépuisable de conflits. En conséquence, refuser les lieux de culte et repousser l'expression de la foi et des convictions religieuses uniquement dans la sphère privée est la seule solution pour éviter certains antagonismes violents* ».

Plus loin : « *Un autre exemple concerne la liberté de procréation, qui doit être, elle aussi, gardée sous le contrôle strict des autorités. Dans une société communautaire, l'envie de faire des enfants est légitime, mais, il est aussi conditionné par la capacité offerte par cette même communauté d'héberger l'enfant, de le nourrir et de l'éduquer. Sur Terre, la surpopulation anarchique a été une source de misère et de conflits entre communautés. En conséquence, il est fortement conseillé de définir une politique des naissances en accord avec les besoins et les ressources de la communauté* ».

La mission Mayflower

La règle d'or N° 3 donnait des directives claires relatives à l'organisation économique : « *L'une des libertés fondamentales est celles de se déplacer selon son bon vouloir et de vivre selon ses propres revenus issus de la liberté d'entreprendre, avec le risque qu'un développement économique anarchique ne débouche sur une production, certes rémunératrice, mais inutile pour le bien communautaire et peu conforme aux normes écologiques. Pour éviter cela, il est nécessaire de ne pas mettre la monnaie en circulation et d'encadrer la libre entreprise, dans le but de canaliser le désir d'entreprendre au service de l'intérêt commun* ».

Les notes précisaient un peu plus loin : « *Les libertés fondamentales d'un individu vont quelquefois à l'encontre de l'intérêt général et le subtil dosage de cet ensemble est primordial pour mériter une société forte et apaisée. C'est l'esprit de colon communautaire, en vigueur sur le Mayflower, qu'il conviendra de promouvoir et de conserver si l'on souhaite créer une société homogène, cohérente et responsable* ».

Enfin, peut-être le plus important : « *Les responsables politiques doivent avoir conscience que ces restrictions de libertés individuelles seront aussi sources de tensions. Contrôler la liberté d'opinion et la liberté de procréation, éradiquer la liberté de culte, brimer la liberté d'entreprendre et écorner quelques autres libertés fondamentales risque de provoquer une résistance, voire une rébellion, à l'encontre des autorités. Pour éviter une société avec des tensions fatales à son épanouissement et à son développement, il est fortement conseillé de s'appuyer sur une système éducatif apte à former des citoyens matures et responsables, à qui l'on aura pris soin d'expliquer le pourquoi de ces mesures restrictives* ».

La mission Mayflower

XVII - EPILOGUE

Deux mille cinq cent ans s'étaient écoulés depuis la création de la cité de « Mayflower » et la colonie des terriens sur la planète *Esperanza* comptait à présent un peu plus de 50 millions d'habitants, répartis dans de nombreuses villes, sur l'ensemble des continents.

Malgré les difficultés rencontrées par les dirigeants tout au long de son évolution, la colonie avait pu conserver, jusque-là, « l'esprit du *Mayflower* ». Comme cela avait été prédit par le « Manuel du commandement », différentes menaces et dangers n'avaient pas manqué de jalonner sa courte histoire. Mais, grâce au courage des uns et à la ténacité des autres, les colons et leurs chefs avaient surmonté les dures épreuves qui s'étaient dressées devant eux, en s'inspirant des précieux conseils du Manuel.

La vie sociale était restée, comme sur le *Mayflower*, basée sur une organisation communautaire, selon une règle considérée comme intransgressible. Le développement économique, pourtant florissant, devait se passer de la notion d'argent. Le troc était toléré, utilisé uniquement dans la sphère privée, mais en aucun cas considéré comme un moyen légal de monnayer.

Il avait fallu, à plusieurs reprises, que les dirigeants, d'une main de fer, dissuadent et même répriment durement par la force, diverses aspirations à l'autonomie et à l'indépendance vis-à-vis du pouvoir central. L'une des provinces avait même envisagé de faire sécession avec l'autorité centrale, en raison de sa volonté d'ériger sa vision religieuse en système politique. Là encore, il avait été nécessaire de faire intervenir la force pour rétablir le calme et restaurer l'autorité. A chacune de ces périodes cruciales, la répression avait été sans pitié, pour montrer l'exemple.

La mission Mayflower

Mais, dans l'ensemble, grâce à un système éducatif performant, aux moyens surdimensionnés et doté d'une pédagogie appropriée, les citoyens avaient respecté « l'esprit du *Mayflower* » et la colonie était restée stable et soudée. Avec un gouvernement unique pour l'ensemble des villes de la colonie, le plus haut niveau de l'exécutif était incarné par la Présidence de la Confédération des Cités, où les maires administraient les régions par délégation, sous la férule du pouvoir central.

Les autochtones *Otöbos* avaient obtenu un statut particulier qui, non seulement, les autorisait à une libre circulation sur l'ensemble des continents de la planète, mais également leur permettait de bénéficier gratuitement de toutes les aides économique, sanitaire ou sociale, autant que nécessaires de la part de la communauté des colons.

Les ruines de la plupart des cités construites par la civilisation disparue furent réhabilitées et aménagées pour en faire des sites touristiques et culturels. Les textes des anciens *Otöbos* furent déchiffrés et rendus à leurs descendants qui purent ainsi retrouver la version originale de la « Légende de l'Ancien Monde » qui leur avait été transmise par voie orale. Il fut également possible de reconstituer une grande part du périple suivi par les ancêtres *Otöbos* depuis leur fuite de l'hémisphère nord jusqu'à l'apogée de leurs cités sur tous les continents …

La mission Mayflower

Jason Rockwell, astronome à l'observatoire du « Mont Lopta », fut introduit dans le bureau de Karol Koslow, Présidente de la Confédération en exercice. Le scientifique était d'apparence robuste, avec une calvitie naissante et une bonhomie naturelle, sans doute inspirée par une silhouette légèrement empâtée.

Karol Koslow était une femme d'âge mûr, grande et très féminine, réputée pour avoir « une main de fer dans un gant de velours ». Ce qui frappait le plus les visiteurs de la présidente, c'étaient ses yeux, d'un bleu clair océan qui lui donnaient un air candide mais intense. Elle se leva pour accueillir le scientifique avant de lui désigner le siège qui se trouvait face à elle. Elle reprit tranquillement sa place sur le sien et jeta un regard troublant sur l'astronome :

— Monsieur Rockwell, dit-elle d'une voix douce, vous avez demandé à me rencontrer, en arguant du fait que vous étiez en possession « d'une information capitale », ce sont vos propres termes, mais sans en préciser la nature. Pourquoi tant de mystère et de quoi s'agit-il ?

— Madame la Présidente, répondit l'astronome d'une voix claire, je n'ai pas donné de précision concernant l'objet de ma visite, parce que je ne voulais pas qu'il y ait une fuite et que vous ne soyez pas la première à en être informée.

— Parfait ! déclara la Présidente Koslow, voilà qui est chose faite. Puis-je savoir à présent ce dont il s'agit ?

— Evidemment, madame la Présidente, assura Jason Rockwell.

Joignant le geste à la parole, l'astronome sortit de sa poche son Visio et le manipula jusqu'à ce qu'il fut satisfait du résultat :

— Madame la Présidente, enchaîna-t-il en montrant un enregistrement vidéo sur son appareil, voici ce que notre télescope du « Mont Lopta » a capté, il y a quelques jours de cela …

Karol Koslow se pencha un long moment pour examiner avec attention l'image diffusée par le petit écran du visiophone.

La mission Mayflower

— Je ne vois qu'une lumière qui s'allume et qui s'éteint, dit-elle. Qu'est-ce que cela de si important qui motive votre venue jusqu'ici ?

— Madame la Présidente, répliqua l'astronome, c'est exact, il s'agit bien, en effet, d'une petite lumière, qui s'allume et qui s'éteint dans l'immensité de l'espace galactique, mais cette lumière n'est pas le résultat d'un processus astronomique naturel …

— Qu'est-ce qui vous fait affirmer cela ? demanda la Présidente Koslow.

— Eh bien … madame la Présidente, répondit-il avec une excitation soudaine dans la voix, cela n'est pas une source de lumière naturelle parce que, après analyse, nous avons découvert qu'il s'agissait d'une séquence lumineuse codée en morse !

— En morse ? répéta la Présidente Koslow, c'est-à-dire ?

— Madame, expliqua l'astronome toujours aussi exubérant, le morse est un alphabet codé, qui permet de transmettre des messages à distance et qui était utilisé par les premiers télégraphistes sur Terre, puis, principalement par les militaires …

— Un alphabet ? s'étonna la Présidente Koslow, cela signifie-t-il que ces lumières émettent un message que vous avez pu décoder ?

— Absolument, madame la Présidente, admit Jason Rockwell.

— Et que dit ce message ? questionna la Présidente Koslow avec une pointe d'intérêt qu'elle ne cachait plus.

— Il s'agit d'un message qui tourne en boucle, répondit l'astronome avec un air mystérieux, et qui dit exactement ceci : « Si vous recevez ce message, répondez ». Et, il est écrit en langage parfaitement compréhensible par nous !

— Et c'est tout ? s'enquit la Présidente Koslow, l'air légèrement déçue.

La mission Mayflower

— Oui, madame, c'est tout, mais c'est énorme ! s'excita à nouveau le scientifique. C'est une invitation qui nous vient depuis un autre point de la galaxie !

— D'où proviennent ces lumières ? interrogea la Présidente Koslow avec une curiosité grandissante.

— Madame la Présidente, révéla Jason Rockwell, ces signaux lumineux sont émis depuis une région de l'espace que nous connaissons bien, nous qui travaillons à l'observatoire du « Mont Lopta », puisque c'est un endroit que nous surveillons depuis le premier jour. Ce message a été émis par une source située très précisément à l'emplacement du Soleil … et, il est d'autant plus précieux pour nous que nous pensions être les derniers humains dans l'univers …

— Du Soleil ? interrompit la Présidente avec une émotion perceptible dans la voix, vous voulez parler de l'étoile autour de laquelle orbitait la Terre, notre planète d'origine ? Etes-vous en train de me dire que ce message émane de la part d'humains ?

— Oui, madame la Présidente, avoua l'astronome avec ferveur, c'est exactement cela ! Ce sont forcément des êtres humains qui sont à l'origine …

— C'est extraordinairement prodigieux ! s'extasia Karol Koslow.

— Oui, madame, c'est prodigieux, confirma Jason Rockwell.

— Mais, s'inquiéta soudain la Présidente Koslow, êtes-vous certain qu'il ne s'agit pas d'un signal qui émet en boucle depuis la nuit des temps ? Et que vous auriez capté seulement ces jours derniers ?

— Non, madame, objecta l'astronome. Comme je vous l'ai dit, nous scrutons le ciel en direction de notre astre solaire d'origine depuis que l'observatoire a été créé, c'est-à-dire une cinquantaine d'années, et ce message nous est apparu il y a quelques jours seulement. Il n'y a aucun doute à ce sujet, le signal lumineux a été émis voici 17.8 années-lumière, la distance exacte de la Terre à *Esperanza*.

La mission Mayflower

— Les terriens survivants, remarqua la Présidente Koslow, ont donc atteint un niveau technologique suffisant pour être les auteurs de cette prouesse, n'est-ce pas ?

— Oui, madame, répondit avec enthousiasme Jason Rockwell. Cela signifie que la vie a repris ses droits sur notre vieille planète bleue et que, désormais, nous savons que nous ne sommes plus seuls dans l'univers …

— Oui, bravo, monsieur Rockwell, c'est la nouvelle la plus fabuleuse pour le moral de notre colonie ! Il faut que tout le monde la partage …

— Mais … ajouta-t-elle aussitôt le regard fixe, monsieur Rockwell, sommes-nous en mesure de leur répondre ?

— Bien évidemment, madame, assura l'astronome, il faudra simplement aménager notre station spatiale pour la doter d'un émetteur puissant, chose qui est tout à fait à notre portée …

— Cela signifie-t-il que nous allons pouvoir établir un dialogue avec nos congénères ? demanda Karol Koslow.

— Oui, bien sûr, madame, confirma Jason Rockwell, avec le petit inconvénient que chacun des échanges prendra un peu de temps …

— C'est magnifique ! s'exclama la Présidente Koslow, enthousiaste à son tour. Que pouvons-nous faire d'autre ? je veux dire … pouvons-nous rêver de …

— Oui, madame ? déclara alors l'astronome sans attendre la fin de la question. Nous pouvons rêver de les rejoindre un jour … nous avons la connaissance théorique pour construire un vaisseau spatial et nous aurons les moyens technologiques pour le réaliser d'ici quelques siècles … peut-être deux … ou trois … mais pas davantage !

La Présidente Karol Koslow se leva et prit un air mystérieux, le regard fixé sur l'horizon :

La mission Mayflower

— Monsieur Rockwell, dit-elle, désormais, tous nos efforts vont être concentrés pour réaliser l'exploit de rallier la planète bleue …

La mission Mayflower

OUVRAGES DU MÊME AUTEUR

L'UNIVERS DES ROBOTS (publication Amazon - 2017)

LE PAPYRUS DE DJOSER (publication Amazon - 2017)

L'ANDROÏDE AMOUREUX (publication Amazon - 2018)

LE SOLDAT DU TEMPS (publication Amazon - 2018)

LES MAÎTRES DE LA GALAXIE (publication Amazon - 2018)

LE MAGICIEN DES BASSES TERRES (publication Amazon - 2019)

PAS DE HASARD POUR HÉLOÏSE (publication Amazon - 2019)

L'OMBRE DU PRÉSIDENT (publication Amazon - 2019)

L'ODYSSÉE DU COPERNIC (publication Amazon - 2019)

LA SOURCE DE JOUVENCE (publication Amazon - 2019)

LA PORTE DE DJOSER (publication Amazon - 2020)

La mission Mayflower

PSYCHO-ROBOTICIEN (publication Amazon - 2020)

LA MÉLODIE DES ÉTOILES (publication Amazon - 2020)

WEB'S BOULEVARD (publication Amazon - 2021)

LES EXTRATEMPORELS (publication Amazon - 2021)

www.ingramcontent.com/pod-product-compliance
Lightning Source LLC
LaVergne TN
LVHW050903200726